纸山

育邦 著

关于文学的对话、漫游与读札

东南大学出版社
SOUTHEAST UNIVERSITY PRESS

·南京·

图书在版编目（CIP）数据

纸山：关于文学的对话、漫游与读札/育邦著.
南京：东南大学出版社，2024.9.--（六朝松文库）.
ISBN 978-7-5766-1508-1

Ⅰ．I267.1
中国国家版本馆 CIP 数据核字第 20246TV636 号

责任编辑：周　菊　　责任校对：子雪莲　　特约编辑：秦国娟
封面设计：鸿儒文轩·末末美书　　责任印制：周荣虎

纸山：关于文学的对话、漫游与读札
ZHI SHAN：GUANYU WENXUE DE DUIHUA、MANYOU YU DUZHA

著　　者	育　邦
出版发行	东南大学出版社
出 版 人	白云飞
社　　址	南京市四牌楼 2 号　邮编：210096　电话：025-83793330
网　　址	http://www.seupress.com
经　　销	全国各地新华书店
印　　刷	三河市华东印刷有限公司
开　　本	880 mm × 1230 mm　1/32
印　　张	8.5
字　　数	183 千
版 印 次	2024 年 9 月第 1 版第 1 次印刷
书　　号	ISBN 978-7-5766-1508-1
定　　价	68.00 元

本社图书若有印装质量问题，请直接与营销部联系，电话：025-83791830。

序　言

诗人育邦即将出版的这本思想随笔集,包括了多种文体:对话录、诗歌、评论、散文、杂文等。

读了育邦的这部书稿,让我感到十分讶异和震撼的,不是其中的语言技巧和"纯诗"的阐释,而是一个作家对整个文学世界的宏观性思考,以及一个诗人对于时代赋予作家使命的担忧,从中我看到的是一位诗人、一个作家型的知识分子特立独行的价值理念的表达。

从形象思维跳到抽象思维的书写和对话中,作为一个读者,我徘徊在诗性与哲思的逶迤小路上,体味着"像山那样思考"的阅读况味,从诗人的眼中看见了漫天飞虹的哲学云霓。

诗人与世界的联系,是处于任何文学时空中,作家写作不可或缺的参照坐标系,没有这样的认知,他写出的作品就会永远停滞在井底之蛙的困囿之中,这一点是谁也不能否定的文学创作和批评铁律。所以,育邦在与著名翻译家高兴对话时引用了歌德的名言:"现在,民族文学已经不是十分重要,世界文学的时代已经开始,每个人都必须为加速这一时代而努力。"虽然,我们与歌德的文学时代相距了二百多年;虽然,他的这句名言,与鲁迅先生倡导的"只有民族的,才是世界的"观念是相抵触的。但是,当中国完全脱离了农耕文明,进入了工业文明和后工业文明时代的"文学时刻",我们还能够坐井观天,仰望井口大的宇宙星空吗?这并非只是什么文明冲突的问题,而是写作游走中,从常识走向真理的普遍价值选择。

我对诗人育邦认识到这一点常识性的真理,感到十分欣慰,因为,在我们的文坛上充满着夜郎式的文人,他们沉湎于不断输出自认为是最好的文学作品中不能自拔。"而事实也证明了,随着文学传播在全世界范围内更为便捷、更为广泛,世界文学已成为人类对于全世界优秀文学作品的一个恰如其分的称呼。""世界文学完全可以成为衡量一个作家水准的坐标。"就此而言,我认为育邦所寻求的所谓"世界文学"这一概念,并没有被人诟病的什么崇洋媚外的内涵,而是在写作过程中,必须要有阔大的胸怀,在创作方法和创作技巧上,必须扫视世界,从而形成胸有大局的格局。采取"拿来主义"取精用宏的态度,因此,才会有育邦充分认识到的文学创作真谛:"这就意味着寻求文学精神中的自由开放、兼容并蓄,包含着共享融合之意,并能在此基础上创造出更多可供全世界人们共同欣赏的文学杰作。"

由此而延伸到的就是诗人与时代不可剥离的文学命题了。

我特别欣赏育邦在此书中的一句话:"为自由之神所悲泣着的歌者消失了……"我将它视为整本书的"文眼"。

无疑,诗人和一切从事文学的人,都会在世界和中国面临着文化语境困惑中,在价值观严重分裂的状态下徘徊,如何处理这样一个两难的抉择,的确是一个莎士比亚式的诘问,而育邦的抉择是代表着一群知识分子型作家价值共鸣的心声:"'诗歌的道德'要求诗人能够勇敢地承担自己的命运和时代的道义。诗人们自觉地寻找自己和时代的合理距离和位置,把自己的凝视紧紧保持在时代之上,这大概也是我们诗人今天所要肩负的'诗歌道义'。"

由此,我对他们这一帮搞诗歌创作的,产生了一种莫名的好感,因为他们的言行颠覆了以往我对诗人的一贯成见,一句"艺术家必然要成为一个特立独行的'同时代者'"便让我刮目相看。

育邦认为:"萨特强调作家要介入生活,文学要介入生活。我想,他所说的'作家'也正是基于知识分子这一公共角色的定位。在各种特定的时刻和环境中,作家介入生活是必要的,因为一个作家无论如何都是作为一个社会人而存在的。正如萨特所言:'作家处在的具体环境,就是我们所生活的这个时代,他写的每一句话都要引起反应,连他的沉默也是如此。'他们可以对任何事件发表支持或反对的意见,表明自己的立场,这也是他们作为知识分子的责任承担。但他们的文学并没有必要介入生活,而且,这种'文学介入生活'的说法是可笑的,不可实现的。文学本身是反对责任的,它的道德只为艺术而服务。至于责任和道义是作家（创作者）的而不是作品的。我们必须明确地区分这两个不同的主体。

"坦诚地讲，……我反对任何充满实用主义的文学，无论它们的出发点是多么的高尚。我对功利主义的诗歌尤为过敏，即便它们似乎在某些特定的场合和特定的时间内承担了社会的道义，反映了特定时期的社会现实和貌似伟大的人性。因为我们对于文学艺术的判断并没有因为战争或者其他灾难的到来而彻底改变。

…………

"这些为时世而写作的东西，它们兴高采烈，而一旦从特定语境中撤出来看，它们却不可救药地陷入了应制文学的泥潭，成为某种单调声音的传声筒，作者或主动或被动地成为一种手握文字技艺的工具。而作为艺术的文学已经无耻地堕落在功利主义的沙滩上，她渐渐地枯萎，以致丧失生命力，在时间的长河中逐渐干涸，直至最后绝望地死去。"

无疑，上述的观点我是击赏的，只是有一点是可以进行讨论的，那就是对"文学介入生活"这一说法的另一种理解。从"左翼文学"诞生近百年来，文学逐渐概念化、程式化，出现了许多过眼云烟似的"介入生活"作品，技术含量极低，这是不可否认的文学史事实。但是，"文学介入生活"是世界文学史上所有文学创作不可能解脱开去的宿命，它应该是作家在一种自由状态下，让生活在有意识和无意识中，自动进入作品的描写之中，而不是脱离生活本身的魅力，在某种意识形态的驱使下，使其成为作品的主旋律。这就让我又一次听到了育邦那句让人震撼的最强音："为自由之神所悲泣着的歌者消失了……"是的，我们对那些并没有"文字技艺"的功利主义者，报以鄙视的态度，但是，我们必须赞扬那些让触目惊心的生活进入我们创作中的作家。从这个意义上来说，面对如何介入生活，才是我们面对的真伪问题的关键所在。

育邦是一个有才华的诗人。有才华的人很多，但能够进行哲学思考的诗人却不是很多，但愿育邦能够沿着这条哲学小道走下去，即便是羊肠小道，前面一定会是辽阔世界背景下的高山、大海和星空。

是为序。

丁　帆

2024年1月31日写于南大和园

目　录

读家对谈

影响的焦虑

　　——世界文学与中国文学　　002

何以谓江南？

　　——现代语境下的江南文学　　014

当我们谈论先锋时我们在谈论什么？　　023

志怪的传统与现代表达　　036

江湖路远：追寻远去的侠客梦　　044

奥尔加·托卡尔丘克和彼得·汉德克：为什么

　　会选中这两位作家？　　053

她"用朴素的美使个人的存在变得普遍"　　064

自媒体时代的写作	074
诗人是大自然的一种现象	081
我们这个时代还是需要"诗言志"	091
与众不同的非虚构样本	100
诸山夜鸣,隐隐如雷	
——关于黄孝阳诗歌的对话	108

蹇驴嘶

扬州三叠	122
在纸山	133
驶向永不冰冻的港口	139
天长琐记	145
无名的匠人	
——南阳黄山遗址随想	149
青莲与枯蓬	155
少年三河镇	160

书与评

高山流水遇知音

　　——读郭平长篇小说《广陵散》　　166

写下就是永恒

　　——丁捷诗歌印象　　171

取诗的孩子，请等一会

　　——读傅元峰诗歌札记　　178

吃土的孩子

　　——读臧北诗集《无须应答》　　182

瞧，那个赏花沽酒的人

　　——津渡诗歌读札　　190

那个手持空枪的人

　　——读格风诗集《雨在他们的讲述中》　　196

阅读邵风华小说的非必要指南　　202

《安南怪谭》夜谈及其可能的作者考　　205

死亡是更为专注的祈祷

　　——读《写给梦境：庞培诗选》　　211

草木之心，翱翔之志

　　——读津渡《草木之心》《我身边的鸟儿》　　214

诗与思

诗人的三件礼物　　220

非常时期，诗歌何为？　　222

诗人和他的时代　　227

"没有名字的东西"　　232

玫瑰，狐狸及小王子　　235

为自由之神所悲泣着的歌者消失了……

　　——重读普希金　　237

后记：关于《纸山》　　252

读家对谈

影响的焦虑
——世界文学与中国文学

与谈人：高 兴 诗人、翻译家

【导言】歌德提出的"世界文学"的概念已成为一种共识，但它绝非等同于"文学的全球化"。本次对话有幸请来诗人、翻译家、《世界文学》主编高兴先生，聊聊世界文学的源流与精神内涵、世界文学与中国文学之间的关系、边缘文学、影响的焦虑等问题。他曾以作家、访问学者、翻译家和外交官的身份在欧美数十个国家访问、生活和工作，主编杂志、翻译出版大量的优秀世界文学作品。

育邦：众所周知，歌德最初提出"世界文学"的概念，他说"现在，民族文学已经不是十分重要，世界文学的时代已经开始，每个人都必须为加速这一时代而努力"。这是他的浪漫主义情怀，充满了理想主义的色彩。而事实也证明了，随着文学传播在全世界范围内更为便捷、更为广泛，世界文学已成为人类对于全世界优秀文学作品的一个恰如其分的称呼。

高兴：歌德于1827年在一席谈话中提出"世界文学"这一概念。由于歌德本身巨大的影响力，这一概念也一直受到人们的关注和重视。实际上，学界对这一概念也一直存在着不同的解读、争论，甚至反对。有人从比较文学角度，有人从民族主义角度，有人从美学思想角度，有人从政治抗争角度，理解角度各不相同，客观上不断丰富和完善着这一概念。我个人同意您的观点，倾向于将这一概念当作诗人歌德浪漫主义和理想主义的愿景。经过了近两百年的时光，尤其当信息时代到来之际，这一概念已部分地成为现实。在今天的对话中，我们就姑且将"世界文学"当作人类对于全世界优秀文学作品的称呼吧。这是我们对话的基本前提。

育邦：世界文学的输入对于中国文学的发展产生了至关重要的影响。我们都说，中国作家是喝狼奶长大的。在我们的阅读视野中，中国最好的作家都阅读了大量的世界文学作品。当然您主编的《世界文学》功不可没，数十年来，可以说，为中国作家呈现了最为重要的文学精神和文学资源，为中国文学真正走向世界提供了最好的路径。

高兴：世界文学的译介，或者我更愿意称之为"横向移植",直接激发并推动了中国现当代文学的发展。过去一百多年,中国社会经历了无数动荡和坎坷,中国新文学也经受了诸多锤炼和考验。在此背景下,有相当一段时间,中国作家都把世界文学当作必要的启发、补充和营养。"横向移植"给古老的汉语注入崭新的活力,大大拓展了汉语表达的空间。胡适、鲁迅、冯至、茅盾、查良铮等作家都深知世界文学的重要,也深受世界文学影响。他们本身都既是作家,又是翻译家。到了 20 世纪五六十年代,出于政治缘故,中国文学的发展出现了断层和空白,几乎失去了与世界文学的联结。改革开放后,由于中国文学资源贫乏,世界文学自然而然地成为众多中国作家的"替代营养"。而我所供职的《世界文学》杂志便是提供此类"替代营养"的重要刊物。这份杂志最初定名为《译文》,后更名为《世界文学》,在很长一段时间,是中国唯一一家专门译介世界文学的杂志。早在 50 年代,透过这扇窗口,不少中国读者第一次读到了众多优秀的外国作家的作品。可以想象,当《译文》以及后来的《世界文学》将密茨凯维奇、莎士比亚、惠特曼、布莱克、波德莱尔、肖洛霍夫、希门内斯、茨威格、哈谢克、福克纳、泰戈尔、艾特玛托夫、皮兰德娄等世界杰出作家用汉语呈现出来时,会在中国读者心中造成怎样的冲击和感动。同样可以想象,70 年代末,当人们刚刚经历荒芜的十年,猛然在《世界文学》上遭遇卡夫卡、埃利蒂斯、阿波利奈尔、海明威、毛姆、格林、莫洛亚、博尔赫斯、科塔萨尔、霍桑、辛格、冯尼格等世界文学大师时,会感到多么惊喜,令人大开眼界。那既是审美的,更是心灵的,会直接或间接滋润、丰富和影响人的生活,会直接或间接开启写作者的心智。时隔那么多年，北岛、多多、柏桦等诗人依然会想起第一次读到陈敬容译的波德莱尔诗歌时的激动；莫言、阎连科、宁肯等小说家依然会想起第一次读到李文俊译的卡夫卡《变形记》时的震撼。审美上的新鲜和先进，心灵上的震撼和滋润，加上唯一的窗口，这让《世界文学》散发出独特的魅力，也让《世界文学》在相当长的时间里被人视作理想的文学刊物。后来，《外国文艺》《译林》《译海》《中外文学》《外国文学》等刊物应运而生，同《世界文学》以及人民文学、漓江、译文、译林等出版社一道，掀起了一个个译介世界文学的高潮。

育邦：我觉得提"世界文学"这一概念，意味着寻求文学精神中的自由开放、兼容并蓄，包含着共享融合之意，并能在此基础上创造出更多可供全世界人们共同欣赏的文学杰作。

高兴：超越，理解，尊重，对话，交流，影响，借鉴，融合……均为世界文学精神内涵的关键词。这种精神内涵呼唤自由、开放、独立、民主和平等，呼唤想象力、生命力和创造力。世界文学应该成为一个文学共和国，应该打破封闭，打破垄断，欣赏特色和个性，倡导普遍价值，并始终呈敞开姿态。狭隘的极端民族主义和膨胀的自我中心主义都与世界文学精神格格不入。人们很容易将全球化和世界文学相混淆。需要特别指出的是，全球化并非世界文学。全球化所需要的统一、规范和标准，恰恰极容易抹杀文学的个性、特色和生命力。因此，我对所谓的"大国文学"和"小国文学"概念始终保持警惕和怀疑态度。因为这一概念本身极有可能包含着种种文学之外的因素。大国,并不一定就意味着文学的优越;而小国,也并不见得就意味着文学的贫乏。事实上,在读了太多的法国文学、美国文学、英国文学等所谓的"大国文学"之后,不少读者一直十分期盼能读到一些小国的文学,比如东欧文学,比如非洲文学,比如北欧和南欧文学。在全球化背景下,这些文学中或许还有一种清新的气息,一种质朴却又独特的气息,一种真正属于生命和心灵的气息。然而,语言的障碍却明显存在着。因此,我们不得不承认大语种文学和小语种文学这一现实。这一现实,更多地体现的是文学在传播上的尴尬。这也就让小语种文学显得更加难能可贵。正因如此,每每读到小语种文学时,我都有欣喜的感觉,比如译林出版社近几年推出的《最佳欧洲小说》,就体现出了文学中的民主、平等和独立,以及在民主、平等和独立中展现的丰富和复杂。

育邦:中国文学也是世界文学的一部分。庞德由于发现了中国古典诗歌资源,从而领导和推动了英美声势浩大的意象派诗歌运动,对20世纪的西方诗歌界产生了不可估量的影响。加里·斯奈德自谓,他的诗歌环境是"冷静、锋刃和有弹性的精英主义",但是有一天他接触到中国的古典诗歌,并把诗僧寒山的诗歌翻译成英文,对他自己和英语世界的诗歌界都产生了巨大的影响。博尔赫斯也喜欢中国文学,他有一根来自中国的手杖,在《长城和书》《卡夫卡及其先驱者》《交叉小径的花园》等作品中,随处弥漫着中国文学的气息,他挚爱中国的幻想文学《聊斋志异》。哦,可以把博尔赫斯看作"世界文学"的代言人,他的写作实践向我们展示世界文学与作者深刻的交互关系。

高兴：20世纪80年代，中国文学界流行着一句口号："中国文学要走向世界！"那时候，"走向世界"成了各个领域的时髦口号。这实际上反映了一个特殊时代人们的特殊心态和渴望。记得80年代末，在一场研讨会上，《世界文学》老主编冯至对这一口号提出疑问："我们难道不在世界上吗？"冯至先生真是一针见血，点中了要害。中国文学当然是世界文学的一部分。我们在做《世界文学》时，也特别注意将中国文学当作世界文学的一部分。《世界文学》的《中国作家谈外国文学》《评论》《对话》等栏目就体现出了我们的意图。不争的事实是，中国文学已从世界文学学习和获益良多，但中国文学在世界文学中发出的声音还过于弱小。这是个复杂的问题。此外，世界文学中真正的相互理解，是一件艰难的事情。我不由得想到中国文学名著《红楼梦》在国外的境遇，不少外国读者觉得特别难懂，死活读不下去。您刚才提到的博尔赫斯甚至将它当作了幻想小说。庞德其实不懂中文，他基本上是通过多次转译的文本翻译中国古典诗歌的。因此，有美国诗人和评论家称庞德的中国古典诗歌翻译是"臭名昭著的中国古典诗歌翻译"，充满了谬误和误读。然而，恰恰是这些"臭名昭著的中国古典诗歌翻译"却引发了众多的美国诗人和作家对中国古典诗歌的兴致，尤其是对中国古典诗歌中那些异质元素的兴致。而这些诗歌翻译直接影响到了意象派诗歌的诞生。由此，我们会注意到，甚至就连不太准确、不太合格的翻译和误译都能催生出种种的影响和触动。在中国，这样的例子同样比比皆是。比如，鲁迅等前辈通过日语、德语、俄语和英语转译的不少东欧文学作品，倘若对照原文，我们会发现同样充满了错误。但这些译作在当时那个特殊的年代却影响了许许多多的文人。又如，20世纪80年代，我特别尊敬的韩少功先生与人合作翻译的《生命中不能承受之轻》虽然有不少错误，却在中国文坛引发了持久的"米兰·昆德拉热"。

育邦：法国作家安德烈·纪德谈到世界文学与民族文学的关系时说："世界文学必定产生于民族文学；民族文学一定产生于地方文学。地方文学是民族文学的根源；民族文学又是世界文学的根源。"

高兴：我觉得纪德这番话更多地说出了世界文学的源头。这番话也比较容易让人误读。我们常常听到的一种说法"越是民族的，就越是世界的"，就是一种误读和误导。这句话可能只说对了一半，另一半应该是：提升到一定艺术和思想高度的民族的，才有可能是世界的。由此，我想到，世界文学也是一种境界，一种标准。育邦兄，您是诗人、小说家和评论家，既有文学实践，又有理论关照，您如何看待世界文学和民族文学的关系？

育邦：经典世界文学作品，对我而言是阅读的标准，是创作水准的潜在参照物。我想起塔可夫斯基谈到文学修养时说："在我孩提的时代，母亲第一次建议我阅读《战争与和平》，而且此后数年中,她常常援引书中的章节片段,向我指出托尔斯泰文章的精巧和细致。《战争与和平》于是成为我的一种艺术学派、一种品位和艺术深度的标准;从此以后,我再也没有办法阅读垃圾,他们给我一种强烈的嫌恶感。"作为读者,我越来越信奉哈罗德·布鲁姆——不愿意与平庸的作品为伍。在功成名就的晚年,他语气平淡地告诉我们:"我快70岁了,不想读坏东西如同不想过坏日子……我们肯定不欠平庸任何东西,不管它打算提出或至少代表什么集体性。"他只热爱经典,而对流行文学和通俗文学嗤之以鼻。

高兴:文学中的天才因素固然重要,但后天的汲取和补养于绝大多数写作者至关重要。可以说,绝大多数出色的写作者,都一定同时是出色的阅读者。也可以说,绝大多数的写作者都是在阅读中成长起来的。不少作家都有自己的"世界文学时刻"。散文家苇岸在《我与梭罗》一文中说到了初次读到海子借给他的《瓦尔登湖》的巨大幸福感:"我对梭罗的文字仿佛具有一种血缘性的亲和和呼应。换句话说,在我过去的全部阅读中,我还从未发现一个在文字方式上(当然不仅仅是文字方式)令我格外激动和完全认同的作家,今天他终于出现了。"诗人陈东东在《世界文学》上读到李野光译埃利蒂斯的长诗《俊杰》中的一小节时,感到震撼:"它那宏伟快捷的节奏凸显给我的是一群如此壮丽的诗歌女神!于是,一次作为消遣的阅读变成了一次更新生命的充电,诗歌纯洁的能量在一瞬间注满了我,并令我下决心做一个诗人。"这样的例子实在太多太多。诗人沈苇说过:"我愿意把中国作家分成两类：一类是读《世界文学》的作家；一类是不读《世界文学》的作家。"他说的《世界文学》也就是世界文学。他的言外之意是：《世界文学》完全可以成为衡量一个作家水准的坐标。我同意他的说法。意大利作家卡尔维诺在谈论经典时，说过一段同样经典的话："这种作品有一种特殊效力，就是它本身可能会被忘记，却把种子留在我们身上。"

育邦：我知道您还主持了一套大型世界文学丛书翻译工程——"蓝色东欧"，可以说是东欧这个相对边缘地域对于世界文学的巨大贡献，同样在中国文学界也引起巨大的反响。这种传统意义上的"弱势文学"或"边缘文学"何以在今天获得了如此醒目的关注？

高兴：历史进程中，某个事件兴许会使东欧某个或某些国家暂时成为世界关注的中心，但总体而言，在世界格局中，东欧国家大多是些边缘或被边缘国家，经常处于被忽略，甚至被遗忘的状态。文学的声音这时候就显得尤为难能可贵。事实上，常常是文学的声音表明这些国家和民族的存在。我首先想到了波兰。1905年，波兰作家显克维奇获得了诺贝尔文学奖。那一年，一些国家正处于战争之中。波兰在政治上尚未独立。有人甚至认为它已经灭亡。而显克维奇却通过文学告诉世界：他的祖国依然活着。在他之后，又先后有莱蒙特、米沃什、希姆博尔斯卡和托卡尔丘克等四位波兰作家获得了诺贝尔文学奖，让世人一次又一次地把目光投向了这个人口不到四千万的欧洲小国。再说说捷克，竟孕育出哈谢克、卡夫卡、里尔克、恰佩克、塞弗尔特、昆德拉、赫拉巴尔、哈维尔、克里玛等一大批享有世界声誉的作家。我觉得东欧作家之所以赢得如此醒目的关注，同文化环境、文学视野、道德担当、社会责任、写作智慧等有着紧密的关联。他们善于处理现实和文学的关系，具有将现实土壤提升到艺术高度的能力和智慧。

育邦：在中国文学界，多年来普遍流行着"诺贝尔文学奖焦虑症"。在体育比赛中，金牌是最高的评判标准。在现实生活中，我们仍然以奖项来评判文学。没有得到诺贝尔文学奖，一直是中国人心中隐秘的痛。1927年，鲁迅先生给他的学生台静农写信说："诺贝尔赏金，梁启超自然不配，我也不配，要拿这钱，还欠努力。世界上比我好的作家何限，他们得不到。……我觉得中国实在还没有可得诺贝尔赏金的人，瑞典最好是不要理我们，谁也不给。倘因为黄色脸皮人，格外优待从宽，反足以长中国人的虚荣心，以为真可与别国大作家比肩了，结果将很坏。"2012年，中国作家莫言因"通过幻觉现实主义将民间故事、历史与当代社会融合在一起"而荣膺诺贝尔文学奖。当然，这是一件好事。但是否因为这一事件就说明中国文学已然国际化了呢，中国文学的质量已然走到世界文学的最高水准行列中了呢？我看未必。

高兴：诺贝尔文学奖毕竟是目前世界上最最重要的文学奖项。能够获得诺贝尔文学奖，无论对于获奖作家本人，还是对于获奖作家所代表的国家，都是巨大的荣誉。但我们也不能把它看作文学的唯一评判标准。应该看到，除了文学，诺贝尔文学奖还掺杂着太多的其他因素，比如政治因素，比如经济因素，比如国际传播力因素。因此，我们还是尽量用客观冷静的目光看待这个奖。在我的心目中，有太多的作家该得却没有得到诺贝尔文学奖，比如托尔斯泰、卡夫卡、普鲁斯特、鲁迅、弗洛斯特、博尔赫斯、卡尔维诺、奥兹等作家，但这丝毫也不妨碍我对他们的喜爱。曾经有段时间，诺奖对于中国读者似乎特别神秘、遥远，高不可攀。但莫言获奖后，诺奖离我们一下子近了。对于诺奖，有两种态度均不可取：一种是盲目崇拜；一种是竭力贬低。另外，由于莫言获奖，有些人认为，中国文学已经达到世界文学的高度，可以与任何国家的文学平起平坐了。我觉得，这又是个误区。

每年10月前，都有媒体邀我预测诺奖，我一般都会拒绝。因为，诺贝尔文学奖往往有一个特点，就是出其不意。说到中国文学与诺贝尔文学奖的关系，我觉得首先要解决的是中国文学的国际传播力问题。要知道，中国文学目前的国际传播力十分有限。别人都读不到你的作品，又如何来欣赏你呢？这又涉及文学翻译了。文学翻译实际上包括两个方面：一是从外文译成汉语；二是将汉语译成外文。在我国，外译汉译者队伍庞大，而汉译外则人才有限。汉学家中，有些是优秀的汉译外翻译家，可惜不多，而且零星分布在各个国家和各个语种中。可要培养和建立起一支优秀的汉译外文学翻译队伍，又需要相当长的时间。此外，更重要的是，中国文学本身的提升。总体而言，中国文学似乎还处于成长过程中。

育邦：通过翻译，我们熟悉了解了全世界绝大多数的经典作家和经典作品。布鲁姆在《影响的剖析》中提出一个强悍的观点，一个伟大作者必须与传统、与他的先驱和前辈产生竞争势态。事实上，除去一些故去的经典作家，我们还发现在全世界还有一大批同时代的创造力旺盛的作家存在，这常常让我们看到自己的不足。比如，我最近看到的葡萄牙作家安图内斯、2018年获得诺奖的托卡尔丘克、安哥拉的青年作家阿瓜卢萨、以色列的大卫·格罗斯曼等，他们正在成为世界文学中的经典作家，而中国作家明显是有差距的。

高兴：布鲁姆《影响的焦虑》《影响的剖析》《西方正典》等著作影响了不少中国作者，唤醒了他们与传统、与先驱竞争甚至殊死搏斗的自觉意识。骄傲的布鲁姆提出的是一个极高的要求和标准，恐怕唯有"伟大的极少数"能成为他所定义的"强者诗人"。然而，世界文学正是在"伟大的极少数"的推动下，一步步发展的。目前，世界文坛上依然活跃着不少极具创作活力和个性的作家。除了您刚才提到的几位作家，我还想到了匈牙利作家纳达什·彼得和克拉斯诺霍尔卡伊·拉斯洛，罗马尼亚作家格尔特雷斯库，阿尔巴尼亚作家卡达莱，叙利亚诗人阿多尼斯，英国作家麦克尤恩、巴恩斯和拜厄特，爱尔兰作家班维尔和鲁尼，加拿大作家阿特伍德、翁达杰，阿根廷作家艾拉，美国作家拉希莉，等等。他们每一个都值得我们欣赏和学习。

何以谓江南？
——现代语境下的江南文学

与谈人：小　海　诗人

　　　　李德武　诗人、评论家

【导言】一直以来，江南是一个诗意存在的符号，江南是文化的江南，江南是文学的江南，江南也是诗歌的江南。江南一直被书写，也将永远被书写。小海，从苏北北凌河走向苏州的诗人；李德武，一位从哈尔滨来苏州的诗人、批评家；栏目主持人育邦也是从苏北到南京学习工作的诗人。他们眼中、心中的江南到底是怎样的？江南依赖技术性而呈现？在现代语境下，江南文学如何实现现代性的表达？

育邦：据说古琴曲《四大景》来源于晚清时的民歌，与大地及日常世俗生活有着隐秘的内在关联，描绘的是一年四季各有千秋的美好景致。现在只剩下所谓"杏花天"之景了,但一听此曲,春风和畅、柳翠花红、万木竞秀的情境就生动再现,一个鲜活的江南就宛在眼前。江南,这两个字,它是文化的,更是因人与自然共生共存而诞生的概念,它为我们卸下越来越多的物质行囊,同样也给予我们丰沛的想象,为我们的生命行旅引领一个美好的向往、佩戴一个璀璨的花环。作为古典的江南,它似乎代表着繁荣发达的文化教育和美丽富庶的水乡景象。从现实的地理学概念上讲,它的区域大致为长江中下游南岸的地区。而事实上,我们更愿意把江南作为一个人文地理概念,它被各式各样的文化符号所装点。

小海:是的,江南这一概念的产生、演进及变化,是依据中国、中原这些地理坐标概念而发展、位移的。江南,既是一个地理概念,更是一个泛文化意义上的坐标式概念。在传统的江南诗歌地理中,文人士大夫笔端"营造"的江南,和民间歌谣中"构建"的江南,呈现出的常常是两种迥然不同的精神气质。屈原《楚辞》中有:"魂兮归来,哀江南。"诗里的"江南",毫无疑问,指涉的是楚国,当然也包括归入楚国的吴、越故地。南北朝时的庾信,写过一篇著名的《哀江南赋》。侯景叛乱时,庾信为建康令,亲自率兵御敌。兵败后惜别江南,从此辗转流寓北朝。这是庾信的"黍离之思",抒写了"亡国大夫之血泪"。与屈原、庾信等士大夫笔下哀怨凄婉的江南形象形成了鲜明对照的是从先秦民间歌谣到汉乐府《江南》,留下的是生动、热烈的一幅幅民间江南意象。古老的吴中大地,曾经口口相传过一首歌谣:

"斫竹，削竹，弹石，飞土，逐肉。"（张家港河阳山歌）诗句节奏感分明而强烈，可以循环和重复，充满了原始语言艺术中那种感性而稚拙的无穷意味。短促有力的诗行，跳跃、闪回，如电影画面般浮现在人们眼前，呈现力与美的生动交响，充满力量感和场景感。汉乐府民歌《江南》："江南可采莲，莲叶何田田……"这是一幅生动的江南采莲图。这是明着写鱼戏，实则写的是江南采莲时节的少男少女们。这里面，有此起彼伏、回旋循环的和声，有载歌载舞的欢娱和甜蜜，有民歌独特的清新、恣肆、放逸。鱼戏，也是对生殖与繁衍力的一种隐喻，这种灵动、活泼、欢快的场面，完全是民间的、接地气的，充满了江南鱼米之乡的生活气息。这无疑也是对"江南"这一概念中所蕴含的活泼、旺盛生命力的一种象征与礼赞。

李德武：历史地看，江南文化自古至今经历了尚武、崇文（道）、重商、尊教而至诗意这样的过程。这种变化与南北文化交流息息相关。历史上的三次"衣冠南渡"中，大量的文人学士艺术家从北方迁往江南，大大地促进了江南诗意文化的传播。唐朝，多位著名诗人在江南为官，直接带动了江南诗意文化的兴盛，形成诗乐冶性，亭台怡情，生活富庶祥和的诗意氛围。比如晚唐的韦庄客居江南后，写出"人人尽说江南好，游人只合江南老"的词句，似乎成为所有文人向往江南的理由。宋范仲淹在苏州舍宅建府学，重教之风延续至今。随着大运河的开通，江南商业发达，不仅是天然的鱼米之乡，也是当时中国手工业和商贸往来最发达的地区之一，江南织造名满天下。从文化的表现来看，我认为江南文化是融会并集萃了北方文化后，结合江南风土人情，逐渐形成的江南生活方式。对应水、丝、诗、艺、园，具有柔、轻、灵、巧、静等特点。江南的文化是鲜活的、现实的、唯美的，就在于传统文化不是保留在博物馆或文物中，而是深植于人们的生活之中。

小海：唐诗之所以成为中国古典诗歌的高峰，在于它兼容并蓄的开阔胸襟。比如，它就汲取了江南民间谣曲——吴歌的养分。《子夜吴歌》成为唐诗中著名的形式范例，李白等一批诗人都留下过名作。士大夫与民间诗歌中的江南意象，反差是如此强烈。两种抒写范式，不一样的视域；两种叙述角度，不一般的情怀。士大夫们浓郁的家国情结、人文理想和民间生生不息的蓬勃生命力，它们在共同拓展江南这一全新概念的内涵与外延的同时，彰显了诗歌艺术的极大张力，也使我们对江南这一地理文化概念的认知，更加全面、立体和多元。

育邦：在日益以钢筋水泥构筑的城市面貌中，在今天这样追求物质的时代里，人和自然相隔越来越远，人们对于传统的人文气息越来越陌生。在这种情形下，江南似乎成为人们憧憬与向往的"世外桃源"，江南凝固在土地上的形象，被人们不停地书写，这种书写既是联结伟大传统的一种尝试，也是孤寂失落的内心写照。甚至可以说，在精神和物质层面上，江南给予他们以人文"意淫"的对象。即便现实生活中的江南是复杂多变的，甚至几乎被雾霾所埋没的，但这些不能阻止诗人们的无限向往和肆意想象。

李德武：江南自古就是人们心中向往的精神乐园。不过，我们也可以质疑今天的江南还是传统意义上的江南吗？比如商业旅游的渗透使古镇变得模式化，千镇一面；私家园林不再有主人的气息和私生活，演化为开放的"旅游景点"；古街水巷改造成宽阔的马路，粉墙黛瓦淹没在一幢幢玻璃幕墙大厦之间……江南可能比任何一位写作者都切身感受到自身面临的冲击和毁损。传统江南文化留存的是中国传统文化的集萃、理想的生活方式和惬意的精神范本。文人书写江南，无论是出于个人感怀，还是出于宏大叙事，都意味着传统的江南文化正日益匮乏。传统江南文化一部分是靠文人的笔书写出来的，今天也仍然需要文人站在历史和现代的制高点上，洞悉江南文化在现代化乃至全球化进程中的独特价值。

小海：文学中的江南，既是一个地理概念，也是一个文化概念，更可能是一个心理概念。说到江南文学，我不知该如何科学界定这个概念，但它的内部肯定是多元的、充满张力的、活泛运动的，充斥着改革和创新的因子。宋人王观词曰"若到江南赶上春，千万和春住"，从这里可以窥见"江南抒写"的心理密钥。江南寓意春天，诗人通过文学想象力构建起了江南和春天的关系。"人人尽说江南好，游人只合江南老。"同样原因，江南也成了最佳的归隐地和心灵的栖居所。我们知道，所谓永恒的春天，在人间并不存在。只有想象中的天堂，才能做到四季如春，鲜花常开。是文学构建起了心灵的江南，构建了一处"天上天堂，地下苏杭"（范成大语）乌托邦式的存在，成为许多人心灵的故乡。

育邦：我们试图通过寄情山水来实现"天人合一"的理想，试图实现一定意义上的隐逸。这种诗人情怀既美好无限，但似乎又留下了他们逃避尖锐现实的证据。在对江南的想象中，我们重建了自己的精神家园，我们正在返乡途中。苏州园林正是这种情怀的现实表达，它可以说是文人雅士写在城市山林中的诗篇。落到实处，假如我们设定有一种江南文学存在的话，我相信它们将通过某种技术性的合理运用方可完成自身存在的表达。

小海：苏州园林，堪称微缩版的江南，也是世人心目中的天堂。中国人的诗意天堂，不同于中外宗教中彼岸性的所在，它是结合此岸世俗生活最高生活理想范式的，是诗情画意、诗意栖居的所在。历代文人们也把私家园林视作了归隐意义上的桃花源和精神故乡。作为私家园林代表的苏州古典园林是由文学艺术和江南百工相结合创造出来的理想境界，是一种文明的实现形式，也是追求最高生活规范的一种生活形式。

李德武：技术性或者说工巧是江南文化中重要的一部分，在园林艺术中表现得十分突出。这意味着江南文化重视形式感和材料的加工使用。这种对形式和材料的重视不仅体现在诗书画的创作上，也体现在建筑、器物、工具等制作上。对技术的重视使得江南很多文化可传承，并形成相关的规范。师徒的传承关系也为文化技术源远流长构筑了稳固的基础。比如艺术上的昆曲，园艺上的《园冶》，书画上的吴门画派，以及刺绣、缂丝等方面，技术是艺术生活化必不可少的条件，也是使精神审美与物质享受达成高度一致的密钥。

小海：江南文化又是水文化，你们提及了技术性，那么江南文学也一定具备水的特质、水的技术指标，它看起来是柔和的，又是最有韧性的，它看起来像江南的众多湖泊，是宁静安逸的，可又是有远景、有抱负的，它是穿越崇山峻岭，可能有曲折洄流，但最终却是东流向海不复还的。

育邦："形式即内容。"我们中国人往往鄙视技巧，总是说"雕虫小技""奇技淫巧"，即便开始学习西方先进的科学文化技术，仍旧要抱着"中学为体，西学为用"的教条不放。显然，我们对于技术的理解是有偏差的，文学领域里更是如此。T.S.艾略特说："有许多人能欣赏诗歌中所表现的真挚的情绪，而能够欣赏卓绝技巧的人为数不多。"江南在某种意义上说，是多种艺术的技术性呈现。

李德武：技巧考验真诚，但技巧不等同于真诚。客观化成为某种写作策略的时候，恰恰是不真诚的，而体验本身就值得怀疑。南北诗歌是有差异的，无论历史地考察，还是就当下主要诗人考察，这种差异都十分突出。在北方诗人看来，南方的精巧、趣味、书卷气都不免流于"小气"，但在南方诗人看来，北方的质朴、简单和率真都不免显得"粗鄙"。北方诗人不喜欢南方诗人在语言和形式上的"刻意",南方诗人嘲笑北方诗人除了复制生活,毫无创造力。这种写作价值上的分化正变得越来越突出。2002年以前,我在东北生活,是地道的北方人;2002以后,我来到苏州生活,一晃近20年了。我对南北文化上的差异是有切身感受的。所以,对北方诗人而言,写作成为对生活的拯救是较为普遍的现象。正如桑克所说:"只有写作时才感觉到自己活着!"北方诗人更关注环境和他者,而南方诗人更关注个人和作品本身。随着个人写作圈子的固化,南北诗人也在交谈中毫不掩饰地表达出对相应一方写作的批评意见。前不久,有北方诗人不无忧虑地说,要警惕南方的技术主义。对我个人来说,我对自己写作身份的认识是清楚的。我的骨血是北方的,但南方也给了我曾经缺乏的气质。我身边聚集着南与北的诗人朋友,我是这两股创作与创新力量的受益者。

小海:德武兄从哈尔滨移居苏州,感触和对比更直观贴己。但我并不完全信服技术或文学风格的分野以地球的不同纬度来划分。我感觉无论是谈论南方还是北方的文学,离开具体的作品来谈技术或技巧问题其实是有难度的。我们都是有多年写作实践经验的诗人,如果一首诗的生成方式和一组诗的一模一样,就有重复和复制的嫌疑,我们都会感到不太舒服。最好的技术当然就是无技术痕迹,也看不到技巧。这个不容易做到。所以,简单点讲,技术跟你对文学这件事的认知和投入程度有关。普遍性的技术与技巧,对崇尚独创的文学常常是大忌。

育邦：我们今天谈论江南，并不是要"躲进小楼成一统"，回到古典的江南之中。而是在现实的土地上，发现、擦拭、书写一个现代性的江南。这种现代性的江南将包含着对古典江南的致敬、扬弃，同时包含着与现代生活场景及现实存在的联结、平衡与融合。

李德武：文化艺术的现代性最早提出是出于对工业革命形成的泛机械化的反思和抵触，也是通过反抗人被异化采取的对自然和人性的捍卫运动。当然，后现代艺术放弃了这种抵抗的努力，通过参与和消解成为产业的一部分，以及社会普遍消费的同谋。未来的江南生活是什么样？这是个谜。我在想，当一切都智能了，人还需要做什么？人最需要的东西是什么？用什么东西来充实物质和技术高度发达带给人的内心的空虚，才不致使人性蜕化，甚至颓废？我认为江南文化的现代性应该是与工业主导下的消费文化相违逆的，以便使传统和现代之间达成某种平衡。江南文化的先进性在于精神与物质的和谐统一，是人内心的丰富、独立和愉悦。如何保有江南文化的审美性、自然性、生活性和个人性等人文特征，是江南能否在未来依旧是江南的关键。

小海：江南文学的生命力更在于其现代性。现代性关涉过去、当下与未来。江南文学的现代性有一种海派气息。这种现代性有着特殊的可塑性，这也是当代文学的命运所系——它是全方位开放的，孕育着各种可能性。

当我们谈论先锋时我们在谈论什么?

与谈人:李　浩　小说家、学者
　　　　邵风华　诗人、小说家

【导言】"先锋文学","其兴也勃焉,其亡也忽焉",从20世纪80年代兴起,到90年代末走向式微,现在似乎已退出文学主流场域。今天的两位嘉宾——李浩和邵风华——与嘉宾主持育邦都是"先锋文学"的热情追随者和实践者,他们如何界定"先锋文学"呢?他们如何看待"先锋文学"在中国语境下的"潮起潮落"?他们心中的"先锋精神"是什么?每个写作个体如何成为自己的"先锋派"?

育邦:我不知道今天还来谈先锋文学是不是已经不合时宜了。大家都认为这是一个烂大街的话题了。我们站在先锋的废墟上，谈论先锋。

李浩：哈，在我眼里，不过时才是先锋文学的重要标志啊，所以，不应存在不合时宜——除非我们背离了真正的文学。它曾被反复地谈论过倒是真的，充满了"废墟"感也是真的，但这真不是我们能够绕过先锋文学的理由。但我极为明白你的意思，因为我们习惯上把20世纪80年代的文学实验、文学探索看作"先锋文学"，它至90年代末日渐式微，之后便是余脉——因为它已经不占主流了嘛。所以你才会有"忐忑"。我理解的先锋可能与80年代初的先锋不太一致，当然也和《现代性的五副面孔》中的"原教旨"有很大区别。我认为先锋就是冒险，就是挑战旧有，从已经熟悉的道路上逸出，和我们慵懒的惯常相对抗，给我们提供新意和可能。我会把巴尔扎克的写作也看作先锋——因为在他之前没人那么写作，"现实主义"也没有成为文学的方法和方向。是故，一切经典性的、为文学的多样性提供可能的文学在我看来都是"先锋文学"。

邵风华：谈论先锋文学，我想不能绕开它的源头。在我的认识里，先锋派作为一个世界性的文学、诗歌乃至艺术事件，大约肇始于19世纪末20世纪初，意指艺术探索和创新的先行者。先锋派团体及相关运动在欧洲的兴起，则从第一次世界大战开始，到第二次世界大战时期进入全盛期，主要包括达达主义、超现实主义和现代及后现代主义。我愿意以乔伊斯和普鲁斯特，继之卡夫卡为先锋文学的真正开端。从其发展脉络可以看出，先锋派的兴起，与世纪交替、世界格局的变迁、社会生活的变化及人们思想的嬗变息息相关，与同时代哲学、科学的发展相辅相成。比如，如果没有精神分析学派，可能就没有意识流写作的出现及其合法性的确认。现代主义文学以降，包括以罗伯-格利耶、克洛德·西蒙、贝克特等为主体的"法国新小说"及后来的"新新小说""寓言派写作"等，还有以雷蒙·格诺、卡尔维诺、乔治·佩雷克等人为主体的"乌力波"（文学实验工厂），以美国作家巴塞尔姆、唐·德里罗等作家为代表的后现代主义写作，这些都是先锋文学的伟大成果。

而国内先锋文学的兴衰也是如此。20世纪80年代初，随着拨乱反正和改革开放，国外的现代艺术、思想、哲学思潮开始大规模涌入，写作者得窥世界文学的面貌，创造激情和探索热情空前高涨。在艺术界有被命名为"85新潮"的当代艺术运动，而先锋文学也大体上以这个时间为其始，以马原、徐星、莫言、残雪、余华、孙甘露、格非等为代表，延续至90年代初的鲁羊等人。当年的《收获》《上海文学》等都成为先锋文学的重镇。后随着社会的转型、意识形态的厘定以及市场这只看不见的大手的操控，中国先锋文学在短短的十年之内走向了式微，退出了文学主流场域。你提到了"先锋文学的废墟"，这个说法如此准确以至于让我黯然神伤。在我内心之中，对文学的先锋性的背离，其实质上是对文学的艺术性的背叛。先锋性不仅仅是一种形式上的实验和创新，它同时也是文学内涵，乃至边界的拓展和探究，说到底是文学的思想和意识问题。因此，我们今天所看到的，不仅是"先锋文学的废墟"，也是"文学的废墟"，现场一片凋零。

育邦：在中国的文学语境下，简单粗暴地理解，所谓的"先锋文学"就是非现实主义文学。几十年来，时代变幻，曾经的"先锋"或已功成名就、隐退江湖，或还在狼奔豕突、攻城拔寨，或已黄袍加身、独坐山头，但能够证明他们曾经"先锋"的文本却是寥若晨星。谈先锋，其实没有什么意义。这并非源于文学虚无主义。先锋诗歌的本意大概由其两个方面决定：一是时间上的领先性、预言性，"先锋"意味着领时代之先，开一代之风潮，在未来到来之前，文本中蕴藏着对于未来时代、文学的前瞻性，或内容，或思想，或形式，"先"急于规划一种未来文学备忘录；二是呈现面目的尖锐性、锋利性，"先锋"必须不同于往常的旧思想、旧风气、旧文学，需标新立异，需对抗原有的文学秩序，背叛原有的价值观，宝剑出鞘必有锋芒。"一代有一代之文学"从某种意义上说是文学发现的合理性诉求，也可以说是代代催发的"先锋文学"的历史性硕果。

李浩：说得好，说得太好了。我都不知道自己还能补充什么……那我就拉个大旗吧。诗人奥登说过大诗人和小诗人的区别，他说小诗人在具体的一首诗上未必比大诗人弱，甚至可能会做得更好。他们的区别是，小诗人会在他"成熟"的时代停下，而大诗人则一旦"成熟"就会转向另一层陌生、另一层风格，他会进入再一次的巨大冒险中。对于文学来说可能没有什么"功成名就"，真正的先锋可能是一往无前，不断突破和试图突破的那类人。如果谈先锋，我们最好是对标世界文学的最高标，然后用自己的方式对这个最高标有所增添。我想，这才是我们的先锋文学的可贵之处。

邵风华：这个问题也曾长期困扰着我，在我这样一个坚定的"先锋主义"者看来，曾经的先锋文学写作者们的转向，不啻对于自己的文学理念的背叛。当然，文学观念的更新与不断成熟是正常的，可这种背道而驰的确有些匪夷所思。刚才已经谈到了一些导致先锋文学式微的外部因素，可对于写作者个体来说，有没有坚定的内心、有没有一个坚定的文学理念和认识，是检验一个人是否真正迈入文学之门的重要标志，怎么会随着外部的某种风向和潮流而摇摆变化呢？

现在想来，当年的一部分先锋作家们其实并不是真正意义上的先锋作家，只是一些比较敏感的投机者、跟风者。80年代中后期，先锋写作"时髦"，受到人们的追捧，他们就投身先锋写作；90年代以来，世俗化写作受到鼓励，他们就开始挖空心思写通俗故事。岂不知，生活永远大于想象。尤其是信息爆炸的当下，各种奇闻怪事每天都在刷新我们的经验和认知，编是编不出来的。

时至今日，检点我们的先锋文学成果，真正能经受住时间的考验，能够立得住的先锋文本极少，看起来就是一些不成熟的试验品、半成品。与世界先锋文学的成就不可同日而语。我不禁要问：我们真的有先锋文学这回事儿吗？有几个作家称得上内心的真正的先锋？

育邦：文学审美的过程往往有其不可阻挡的吊诡的一面。在20世纪80年代或90年代早中期，整体文学界言必谈"先锋"，先锋文学已然成为一种"政治正确"。"先锋"已然成为那个时代中最为醒目的高牙大纛，似乎作家（特别是小说家）不扛此面大旗就意味着落伍，就会被时代所淘汰。当然，这也是虚幻的假象。随后，我们看到，"先锋"大潮退去，一时间，众多作家（包括曾经引领潮流的"先锋作家"）纷纷"祛魅"，对具有理想主义色彩的"先锋文学"弃之如敝屣。

李浩：这里的原因当然极为复杂，我想我可以就我能说得清晰些的说一些我的看法。社会氛围和政治取向会影响到文学风潮，甚至会大大地影响文学风潮，这一点我想我们已经看得较为清楚，所以有批评家反复地谈时代诉求、时代印迹，这一点当然难以忽略。之所以20世纪80年代整个文学界言必"先锋"，和改革开放的整体气氛有关，和我们的社会审美之变有关，和……在那个时代，谁都怕自己落在后面，谁都希望自己拼尽全力成为时代的"弄潮儿"——这可是一个老旧的词了。我们希望"走向世界"，这也是一个老旧的词了。后来的经济潮对文学的影响也同样巨大，某个时段刊物的市场化或多或少影响着文学刊发标准进而影响到作家。"理想主义"也是一个老旧的词了，尽管它还有它的闪亮在。我想我们都可能意识到某种平庸化渗透进我们的生活，成为我们的基本基调，文学的妥协性调整也一步步地跟上了它的频率。还有一点儿，就是我们时下的文学教育出了大问题,希望从书中特别是文学书中找寻价值的青年人越来越少,他们过得过于现实。

大潮退去。我承认我怀有巨大的失落,因为我是追着"先锋作家"们的脚步一路……有时我会暗暗地发出某种恶毒的"诛心之问":他们是真的热爱先锋文学吗,他们是否爱的原本是成功学?他们随着时代的"适度调整"是出于对文学的理解的改变还是出于……

先锋是试错,是不断地离开旧有的舒适区进入陌生和更为幽暗的区域里前行,始终如此。是的,我一直希望他们能够在前面带领,至少让我和我们感到更多的温暖——在这里我也想和育邦兄说,如果他们不,那,让我来,让我们来。这难道不是我们的责任吗?

邵风华:李浩的"诛心之问"让我笑了,我也相信他们爱的可能并不是先锋文学本身,而是对某种成功的追求。毕竟,那代人大都有靠写作"改变命运",甚至走向仕途的愿望。这决定了我们与世界文学、与文学大师的差距。举一个我说了多遍的例子,我所热爱的贝克特,哪怕很多年里一直在温饱线上挣扎,靠借债和朋友的接济度日,也决不改变自己的内心,不写迎合大众和市场的作品,甚至当他得知热洛姆·兰东准备出版他的两部小说《莫洛伊》和《马龙之死》时,不是高兴而是忧虑地说,他出版我的书是要破产的。看,这就是大师!还有一点不可否认,那就是作为20世纪世界艺术之都的巴黎对于文学艺术的理解与宽容,民众的文学艺术审美层次,不是我们所能望其项背的。这也是导致我们这里先锋文学越来越受到挤压的原因之一。另外，我们的评论家们有一个陋习，就是喜欢追名家、傍大款。给名家锦上添花易，为无名但优秀的作者雪中送炭难。眼睛盯在那几份所谓"大刊"，和一些受期刊追捧的作者身上，炒作概念，炒作当红作家。在对中国与世界文学的比较研究上功课做得不足，文学认识比较滞后，把不准当下世界文学发展脉络，对那些真正有创造性、有新意的作家作品，起不到应有的理论上的支持和推动作用。

育邦："先锋"其实是一种历时性表达愿望。在以春秋代序、先后为本的时间线上，"先锋"只是找到一个抢跑的位置。它并不证明文学的进化性（呵呵，在这一层面上说，可悲的是，"先锋"已落入秩序的窠臼）。"先锋文学"与"文学进化论"是风马牛不相及的。

任何一位真正的创造性作家必然地都成为自己的先锋派。在他的成长历程中，他会不停地走到自己的前面、自己的侧面、自己的反面。他是自我的革命者，从其自身内部产生了他自己的反对派，不同阶段，分蘖出一个个"先锋派"。因而，从某种意义上说，"先锋"是属于作家自身成长的秘密存在。

李浩：文学有无进化性？在某些层面上来讲，它是有的，需要"强力作家"完成这种推进和开拓。而另一方面，则可能又恰恰相反，未来的未必就必然地强过之前和原点，我非常认同王国维在《人间词话》中讲汉唐和宋后之词的"气象之变"，它或多或少有些反进化论。哲学、艺术包括伦理其实都有进化和反进化的双重性，在不同层面和不同支点上——对于进化还是反进化，我感觉自己似乎难以完全地站在哪一方，但我更愿意相信进化论一点儿，出于情绪也出于创作的需要。"任何一位真正的创造性作家必然地都成为自己的先锋派"——是这样。太对了。

邵风华：我将先锋视为一种文学态度。它说不上是进化，但需要变化。不变化的文学是僵死的文学，不变化的作家是可以封笔的作家。我非常赞同你的"任何一位真正的创造性作家必然地都成为自己的先锋派"，以及"自我的革命者"的说法，这是一个负责任的作家的自我要求。文学本质上就是对既有秩序的质疑和反对，这个秩序也包括自我的认知体系、写作程式。作为一个写作者，我也是这样要求自己的：不但要写出与别人不同的作品，也要写出与自己不同的作品。在我看来，重复自己是最无聊也是最无能的表现。那会让我失去写作的兴趣。

育邦：也许"先锋"就是不合时宜的。艺术家必然要成为一个特立独行的"同时代者"。罗兰·巴尔特总结说："同时代就是不合时宜。"天生的"反叛者"弗里德里希·尼采在《不合时宜的沉思》中言明："因为它试图把被这个时代所引以为傲的东西，也即，这个时代的历史文化理解为一种疾病、无能和缺陷，因为我相信，我们都为历史的热病所损耗，而我们至少应该对它有所意识。"而反观我们时代里的作家，他们在技艺上日臻完善，在尘世里游刃有余，显而易见的利益趋光性已进化成为生理本能……这一切都太合时宜了,那些"不合时宜"已被屏蔽、清除或隐匿。当然,他们相信他们无法抗拒"历史的热病",他顺从于他的时代。

李浩:你的清楚清醒让我惊讶。往往是,我想要表达的你已经表达得清晰而且许多时候比我说得好。是的,我们时下的文学趋向很可能会让我们小有失望或大有失望,但我个人愿意我们都把目光拉得长一些,远一些。在任何的时代,跟风的、趋利的和媚俗的写作都是人数众多,在先锋文学作为"政治正确","先锋"成为那个时代中最为醒目的高牙大纛的时候他们其实也是如此,不是吗?具有抗拒"历史的热病"能力的人在哪个时代都永远是少数,而这少数中,还有太多的因为匮乏和夭折而中途退场的,还有太多走错了路而陷入更深黑暗的……作为先锋,恰恰是因为他无法预测他接下来踏出的一步是不是坦途、是不是悬崖。这也是许多时代弄潮儿转向的原因之一,一直冒险可贵也可怕——原谅那些转向也许是我们必须做的。

但我也承认,我不会再给予他们更多的尊重和关注。我只会怀有悲悯、理解和同情。

邵风华:"不合时宜"这个说法太好了。一个真正的作家、艺术家必须是一个不合时宜的人。他要在创作过程中,不断给自己制造障碍,不断给自己提出新的要求,并尽力拒绝对他的创作造成不良影响的世俗化利益。格雷厄姆·格林曾经警告说,不要试图用文学换取任何好处。奥登说,人类需要逃避,就像他们需要食物和酣睡那样。他所说的逃避，我愿意理解为是对世俗生活中的琐碎和失败感的远离。斯科特·菲茨杰拉德写道，作家的性格总是不断驱使他做出许多他永远不能弥补的事情。这也是作家不合时宜的例证。一个"在尘世里游刃有余"，可以随时把握时机"趋利避害"的人，很难成为一个了不起的艺术创造者。我们的文学界有一个现象，就是"写而优则仕"，很多作家有了一定影响，或获得什么奖项之后，就开始念念不忘于去主席台上谋一个座位，多么不幸——这很可能导致创造力的终结；至少，是作茧自缚的开始：俗务缠身、利益纷争、权力角逐，都会对他的创作产生不可估量的负面影响。

育邦："先锋"自身产生悖论。它必须保持一个恰当的位置，实现在断裂与脱节中的"同时代性"。正如阿甘本所言："真正同时代的人，真正属于其时代的人，是那些既不完美地与时代契合，也不调整自己以适应时代要求的人。"因而在这个意义上，他们也就是通过这种断裂与时代错误，才比其他人更有能力去感知和把握他们自己的时代。更确切地说，同时代是通过脱节或时代错误而附着于时代的那种联系。与时代过分契合的人，在各方面都紧系于时代的人，并非同时代人——这恰恰是因为他们（由于与时代的关系过分紧密）无法看见时代；他们不能把自己的凝视紧紧保持在时代之上。从这一角度而言，"先锋"不仅需要契合，更需要疏离。

李浩：作家当然无法脱离他们身上所葆有的时代印迹，包括流行思想的影响,包括时代变革对他生活生命的影响,但由此确认作家和时代的关系是种附庸关系则是不智的,认为作家只能为时代立传只能书写他所处的时代则同样是不智的。作家在时代中,但作品不是,伟大的作品往往是跨越时代的,它具有某种恒定的启示和唤醒。

在我看来,强调作家的时代印迹更多的是对现实物象的强调,他们希望从中找到现实对应,试图通过文学作品勾勒真实的"时代生活"——不得不说,保留真实时代生活,新闻纸、影像资料可能更有效些,写作的目的并不在此,所有优秀的作家都不会把自己的心神耗费于描绘一个等于现实的世界,所有的。我觉得我们需要知道,"我们所具有的想象力是一种魔鬼般的才能,它不断地在我们是什么和我们想成为什么之间、在我们有什么和我们希望有什么之间开出一条深渊"。巴尔加斯·略萨说得真好。

"先锋"不仅需要契合,更需要疏离——"更"字用得好,用得准确。任何一个作家都会希望自己能够写出跨越时代、在下一个时代、下下个时代依然能有人阅读的作品,他不会希望,他的作品只能被——仅仅被"这个时代"的读者所理解,而一旦语境改变则一切全无。弗拉基米尔·纳博科夫有一句片面却深刻的话,他认为作家作品大于作家所处的时代,只有伟大的作品才会把作家所处的时代"照亮",如果匮乏伟大的作家、伟大的作品,那样的"时代"本质上是黯淡的,即使它有着和其他时代同样的波起云涌、雄浑壮阔。

邵风华:如何认识自己所处的时代,如何处理自己与时代的关系，或者说，如何在自己的作品中描绘这个时代，大概是一个有野心、有能力的作家必须面对的问题。巴尔加斯·略萨说，文学就是抵抗。这是一种带根本性的认知。比阿甘本的说法更加明确和决绝。先锋作家绝不是顺从和歌颂者的角色，他不会为了讨好世俗大众而违背自己的意愿。哪怕在最细微的层面上，为了使自己的作品拥有生动和富有想象力的语言，也应该拒绝那些轻佻、滑稽的俗语和陈词滥调。我非常喜欢法国作家奥利维埃·罗兰的一句话，他说"文学是燃烧，是光芒四射"，听到这句话就让人心神激荡。

夏多布里昂在他的《墓畔回忆录》中悲哀地问道："为什么我在错了时代？"这大概也是先锋作家共同的困扰。在这里，我想再次引用奥利维埃·罗兰的一句话，他说："与自己的时代逆风而行可能是一个作家在他的时代里在场的最好方式。"

志怪的传统与现代表达

与谈人：盛文强　随笔作家
　　　　朱　琺　小说家、学者

育邦：今天，有幸请来两位妖怪专家——二位可以说是此领域里的怪咖双璧——聊聊志怪文学。一位是上海师范大学的朱琺博士，据豆瓣共和国的索引可得知，据说他是位悖论爱好者，马达+s+狐猴，全球妖怪协会大中华地区秘书长，他致力于中华影射学、中华附会学和中华杜撰学的研究和构建。其中最响亮的一个称号就是"妖怪向博物学发烧友"。今年朱琺兄出版的《安南怪谭》引起了文学界和广大读者的强烈兴趣，一时间传为佳话，我也写过一篇书评蹭了一下热度。另一位是青年学者、作家盛文强，文强最近些年来一直致力于志怪文学的研究与创作，成绩斐然，他的《海盗奇谭》用100个魔幻故事展现中国千年来的海盗传奇，《海怪简史》亦是光怪陆离，让人手不释卷。我们先来聊聊何为志怪，随着我们观望文学视线的变化，志怪的内涵与外延也在不断变化。

盛文强：志者，记录也；怪者，怪异也。源自魏晋时代的志怪，此中有博物学家高谈阔论，讲述海外方国、奇花异木、珍禽怪兽，比如张华的《博物志》、东方朔的《十洲记》。又有野史稗官，讲述着大人物们的奇遇，比如托名班固的《汉武故事》，坚定的有神论者也在讲述鬼神的足迹，比如干宝的《搜神记》。早先的志怪是碎片化的，往往取一个截面，甚至一两句话，属于断片式的写作，如今看起来甚至有几分现代的意味。到了唐代传奇，故事和人物日渐饱满。清代蒲松龄的《聊斋志异》可以算是中国志怪文本的典范。

朱琺："志怪"其实是汉语的概念——从源头上说来自《庄子·逍遥游》："齐谐者，志怪也。"——齐地之"谐"，这个"谐"有不同的解释，也许可以看作"皆言"，即普遍传说。齐地正是文强兄的家乡，所以让文强兄来谈中国志怪，是再正宗不过了。因而，谈到"世界志怪"，就是个打捞和援引的过程：当然要说到《一千零一夜》，以及更早的印度源头《故事海》《五卷书》等；不同族群不同文明都有口传叙事的传统，到了近几个世纪中，就有格林兄弟开始的脉络，把它们一一搜集和记录成集，近期的成果包括卡尔维诺的《意大利民间故事集》、《安吉拉·卡特的精怪故事集》等等。这些成果会被称为民间故事、精怪故事、童话故事等等,其实也都可以算成是神话的余绪。而另一些更早的文献,包括老普林尼的《博物志》乃至之前亚里士多德的著作中,其实已经有很多志怪的内容了。文明早期的吉光片羽,于后来人而言,一直是反复充电的原点。亚里士多德和普林尼他们的资料,也往往来自道听途说的远方见闻,以及民间信仰的各种传奇。前者代有传承,因西方后来的探险事业大发展而多有文献,尤其是早期的一些,譬如《马可·波罗行纪》,不计其时代差异的话,前可比附东方朔《十洲记》,乃至更早的《山海经》;后可与《镜花缘》相提并论。

这种种志怪,经浪漫派以及爱伦·坡、卡夫卡到博尔赫斯等近现代小说家的加持,渐渐亦成为另一种源泉。博尔赫斯的若干篇章,以及他所编纂的《想像的动物》,庶几可以看作这个领域最有文学魅力的文本。早期的博物志怪和探险见闻、海客经验常常以知识的面目出现,在与地图的清晰化、科学的进步稍作拉锯之后,到了现在的小说传统中,再来记录那些古今"神奇生物",那就纯乎是博尔赫斯所谓的"想象"的载体了。

雪莱夫人的《弗兰肯斯坦》一定是可以算作志怪的,威尔斯的作品譬如《时间旅行机》,也无疑是志怪。"科幻"小说这个类型,科学只是外衣,也许可以看作另一种类型的"志怪"。

盛文强:科幻小说算不算另一种意义上的志怪?我看到有个农民作家写的科幻小说,大意是说去火星上种苞米。这种硬挤出来的想象,真的是很难脱出自身的经验的。现在一窝蜂地来写科幻小说,就是因为获个什么外国奖,本来是主流圈子所不屑的

"类型小说",现在一下子俨然是庙堂之器,或许,这本身就是一则志怪了。

育邦:我觉得每一个中国人或多或少地都与志怪有着或深或浅的缘分。它是我们生活经验的一部分,记得小时候,外公给我讲了很多狐仙鬼怪的故事,他叙事的口气都是以真人开始,活灵活现,他的意识里没有一个故事是虚构的。可以说志怪是我们生活中的一部分。"子不语怪力乱神",大约是孔子他老人家出于维护老师的尊严和权威来说的吧!想来,他也是凡人,凡人就有猎奇心理,就有对未知事物追问的兴趣。

盛文强:志怪应该是一种异质的精神,对未知世界的好奇心。早年我在鲁北,有一个农民扯了电网在黄河边电兔子,自称电死了一个外星人,放在自家冰箱里。官方也辟谣了,说此人是飞碟爱好者,有妄想症,自己造了一个外星人模型。大多数的"正常人"认为是无稽之谈,可我还是跑去黄河岸边看了下,在我的想象中,夜里会有飞碟在他家房顶盘旋。这样一来,更像是发生在当下的旧式志怪小说,其实很多新闻都可入志怪之内。有人说现在的小说不如新闻好看,可能即是说小说不如志怪?后来还出现了罗生门叙事,坊间传说,那个外星人确有其事,真的已经转移了,我们看到的已经是模型。又有人说,飞碟压倒了黄河大坝的一片树林,后来临时补种了一片。我去看时,现场正有环卫工人在种树。情节越来越多,故事就在这样自我增长。其实"正常人"所要的是一个标准答案,被填鸭被驯化之后,丧失了趣味，只追问答案。早年我写海怪，就有一堆人问我："这个海怪真有吗？"怎么回答？没法回答。我说有，人家让我拿证据，当然拿不出来，那就会说我捕风捉影。如果我说没有，那人家就说我瞎编骗人，道德败坏。这恐怕就是志怪作者在当下的尴尬，充满趣味的头脑，遇到了一群无趣的人。

朱琺：这也是以史的眼光来审视文，以事实、新闻的眼光来看待小说、志怪的一种最粗浅但又很强大的势力。两者之间背面的三观其实是不一样的。

盛文强：三点一线的日常生活，类似于农耕时代的因循，本质上是排斥怪异之事的，即便怪异之事层出不穷。比如我刚才说的那个飞碟事件，大多数人就认为这是臆想症的胡说八道，自动屏蔽了。只有小圈子里在谈论。

朱琺：文强兄这个说得很赞。日常与怪异在根本上是相冲突的。前者不变、有规律故而循规蹈矩，日复一日年复一年，而后者偶发、不可验证，真伪莫辨——无须去辨别与辩论，只要说出来、记下来就好。

育邦：志怪是阅读经验和生活经验的一部分。从文本上来说，志怪文学可以说是小说的一个枝干，不管是古代的，还是现代的。博尔赫斯与他老朋友卡萨雷斯夫妇于1940年出版的《幻想文学集萃》，遴选出一大批指向幻想的世界文学作品，当然我们也可以把幻想文学归于志怪文学的名下。我是一名幻想文学爱好者，也可以说是志怪文学爱好者。博尔赫斯的写作打破了文体上的界限，我也惊喜地看到在二位的写作实践中，自觉地走上了一条不囿于规矩和秩序的写作。这就涉及你们的志怪文学创作。

盛文强：规矩和秩序是很容易侮辱智商的。我理想中的文本恰似潮间带——从海水涨至最高时所淹没的地方开始，至潮水退到最低时所露出水面的狭长地带，这是一片海陆相争的所在。潮间带是属于海洋，还是属于陆地？难以界定它的身份，它本来就在界限之外。

志怪可能跟"书写妖怪"无关，只要不去按照前辈作家的套路写作，走自己的路，这就算是怪。有太多年轻人想"为文学史而写作"，他们想象中的文学史，是一种秩序。最近看了涩泽龙彦的《高丘亲王航海记》，爱欲的缠绕，传统志怪资源的使用，历史情境的还原呈现，相对独立的短篇又连缀成一个长篇，这些都是很出彩的。国内没有这样的作家。我们的个性被消磨了。家猫变成野猫，不仅仅是离家出走那么简单，整个的生活方式、精神气质都要变。

朱琺：我很同意育邦兄所说的，把幻想和志怪联系在一起。在这个层面上，套用最近很常见的一个句式说，乃是"以志怪为方法"，而不再，不只是以志怪为题材了。文强兄区分开志怪和书写妖怪，以我的理解，也是要把志怪和题材，继而是与某种"题材决定论"相割席。由此所谈到的，可能才是志怪的精神和气质。

　　以志怪为方法，几乎是必然要自觉疏离于规矩与秩序之外的。用《西游记》里的话说，即是"不伏麒麟辖，不伏凤凰管"。规矩与秩序是一种现实中的趋同强势，而跳出圈外，方意味着自由幻想和特立独行。不遵循既有套路，不去迎合和满足常见的制式期待。这里也要警惕某种流行和热潮，而不只是一个预设的教科书文学史：包括趣味化的、消费主义的妖怪学。或者说，关于志怪和妖怪，关于想象与幻想，大家可以一个概念各自表述：我行我素，狐仙和獭怪的修炼方法与经验各不相通，摸索自己的独木桥，可能才是志怪有别于其他写作、幻想得以舒展的前提。

　　志怪的这种方式与处境，如果我们在文献学传统（而不是文学史的脉络）里来看中国古典意义上的小说，会发现它们具有高度的同调意味。"小说"一词最早也是出于《庄子》，是一个被各家排斥的概念，是经的对立面，难容于史，不入于集，最多也就在子部中附一骥尾，勉强算是一家之言；而体量更大的那些小说则被摈弃于四部典籍之外，到了近古，才索性有个"说部"的名头，漂移于古典知识的格局之外，但不是不相交通，而是以"小说"——"大道"的对立面——的姿势出入内典外书，涵容所有文献乃至整个世界。我想，这样的小说观念，对于今日之写作，至少我自己的小说实践，是很有启发的。

　　盛文强：志怪确实应该是一种方法。多数人只看到题材，将志怪等同于"写妖怪",这是很浅层的认知,把志怪给简单化了。概念需要细分,层层剥开,真正理解古典志怪的内在趣味,譬如张华《博物志》那样的词条罗列,以及穷尽宇宙秘密的不动声色的野心,《世说新语》里的怪人闪光的生平截面,人物突然出现,瞬间炽烈燃烧,《酉阳杂俎》里的斑驳绮丽,令人目不暇接。古典志怪的写作者们,却书写着现代性的文本,他们从大地飞向天空。这或许不仅是方法的问题了,方法可学,而文本是不可学的,带有作者的审美气质、个体经验,乃至精神背景。还有朱琺兄说的文献学意义上的"小说"概念,与"大道"相对,足以让人重新审视小说的本质。现在的问题是,少有人能读懂原典,体会不到内在的趣味,止步于故事。有些中文系毕业的学生,还要看白话全译本,传统割裂严重,西学也只是皮毛,有人就把西方哲学教材上的理念套公式做成小说。当下时代缺少严肃的读者,也缺少严肃的写作者。

江湖路远：追寻远去的侠客梦

与谈人：宋世明　小说家、剧作家

【导语】从水浒英雄的路见不平拔刀相助，到金大侠的"飞雪连天射白鹿，笑书神侠倚碧鸳"，一代代文人墨客身在尘世，而欲窥江湖之杳渺，借侠客之行吐胸中块垒，书写了多少"江山笑，烟雨遥，涛浪淘尽红尘俗世几多娇"的侠义传奇与儿女情长。本次二位对谈嘉宾都是20世纪70年代出生的人，小时候即受到武侠文化的深刻影响，他们眼中的武侠是什么？他们隐匿的侠客梦将如何通过写作来呈现？他们心中的至高武学境界又是什么呢？千古文人侠客梦，江湖路远，且看他们如何追寻远去的侠客梦。

育邦：我们常说，千古文人侠客梦。其实，于我们而言，很小的时候就朦胧地生出属于自己的"侠客梦"。我记得小时候，先听评书《水浒传》，快意恩仇的武松、拳打镇关西的鲁智深、鼓上蚤时迁、神行太保戴宗都是我特别神往的人物，要么武功高强、锄强扶弱，要么身怀绝技、侠肝义胆。可以说，《水浒传》是具有武侠元素和武侠精神的长篇小说。后来听的评书《童林传》倒是真正意义上的武侠小说。到初中时，金庸风靡大江南北，我也是昏天黑地地读起金庸。为此，自然少不了父母和老师的责骂。那时，偷看武侠小说如私下里"吸食毒品"一般，如痴如醉，欲罢不能，获得的是"违禁"的快感。这种"触犯禁忌"的阅读也潜移默化地带给我正义和邪恶、任侠与龌龊、个人与家国等朦胧的意识。我们的青少年时代，武侠小说不仅给我们带来了文学的滋养，而且在我们的精神世界中构建了一个公平正义的江湖。

宋世明：你所说的武侠阅读史，或者说痴迷史，我同样经历过。我是在上小学五年级时候，偶尔从上高中的三舅的床铺底下翻到一本"大书"，开本大，也很厚，封面上就是一个人拉开一张弓，背后一轮夕阳。当然现在我们都知道那本书叫《射雕英雄传》。从此一发而不可收，看得茶饭不思，满脑子里飞檐走壁、摘叶飞花，什么金庸、古龙、梁羽生、温瑞安、卧龙生等等，熟得像自家的亲戚。后来这种书卖得好了，还出了一些冒牌货，叫什么全庸、金庸著、梁习生、金康、古尤，我们照看不误，真是坑啊！以至于上中学后，我语文狂好，数理化直线下降。初二的时候，我发了狂，偷偷写了一部武侠小说，名字忘记了，估计是可怜少年被人追杀，坠落山崖之后，遇上绝世高人传授了啥武功，从此再战江湖之类的。这本书在同学手里传了很长时间，可惜被校长没收了。据说校长还在办公室里念给老师们听，念一句，敲一下桌子。班主任人挺好，找我谈话，劝我走正道，把英语和数学学好，还派了个女同学专门监督和矫正我。江湖路远，儿女情长。对于我们这样20世纪70年代后出生，甚至是80后一代而言，武侠确实是个挥之不去的情结。金庸、梁羽生等先生经营出来的武侠世界就是一种药，吃了上瘾，挥之不去，欲罢不能，最终融入了血脉，乃至成了文化记忆。

育邦：武侠，包含着"武"与"侠"。武侠小说的界定也并不是十分清晰。武侠小说，作为一种独立的类型小说，既不能用《天龙八部》《多情剑客无情剑》去评定衡量最早的《史记·游侠列传》和唐人的《聂隐娘》《昆仑奴》，也不能用《虬髯客传》来厘定武侠小说的范畴。（金庸先生说，《虬髯客传》一文虎虎有生气，或者可以说是我国武侠小说的鼻祖。）我们倒不必刻意去考索武侠小说在历史文献中的前世今生。就"武侠"二字本身而言，"止戈为武"，是手持兵器之意，当然也暗含着和平的诉求，"武"是物质性的，是外在形式的；而"侠"则包含着"游侠、任侠、侠骨柔情、侠肝义胆"，是内在的，是精神性，是人性中闪耀光芒的部分。梁羽生先生曾说过："侠是灵魂，武是躯壳；侠是目的，武是达成侠的手段。""武侠"既是仗剑行侠、快意恩仇，又是笑傲江湖、浪迹天涯。

宋世明：武侠到底是什么？肯定不是打打杀杀，那叫武打。在这个意义上，我还是认可梁羽生先生所说的侠要有灵魂，武是外在的表现和手段，也就是大家在金庸小说中最为推崇的那句话：侠之大者，为国为民。武侠小说应该就是一种具备一套文化逻辑的世界设定，具有某种自足文化符号的文学类型。如门派、武功、侠客的定义、江湖的规矩等等，是一种圈层的文化。这种文化符号有的属于圈内的人明白，有的也可以越出圈子，成为社会能够接受和流行的文化共同体，比如《水浒传》里的路见不平一声吼，又如《三国演义》里的义气。当然，文学不能脱离社会，武侠小说同样如此。文学关于社会的想象有多种可能和空间，武侠小说就是一定社会时期文化政治展开的情感产物及其在文学上的诉求和时代想象。要是从其文化功能上看，武侠也可以算是成年人的童话、少年郎的狂欢，承载着个体对这个世界抗拒与逃离的复杂矛盾情感。

育邦：龚自珍云："一箫一剑平生意，负尽狂名十五年。"武侠精神极其自然地融入了我们的血脉，也成为我们最为隐秘的文化记忆。在我的小说集《少年游》中，有一篇叫《缁衣社》的小说，就是写小镇少年模仿武侠世界，成立了一个江湖组织，名为缁衣社，其中有堂主、教主，后来"教主"因不光彩的行为被派出所抓了。其实这是一个"反武侠"小说，小说中的人物看起来恰恰不是光明磊落的，而是幽暗曲折的。我注意到，你最近出版的小说集《打马过江湖》中有两篇小说，一篇是《宋朝的娱乐生活》，另一篇即《打马过江湖》，也深深地打上了"武侠文化"的印记。

宋世明：我对写江湖写传奇故事情有独钟。《宋朝的娱乐生活》是一个拟武侠体，我把武侠小说里出现过的人物串在一个中篇小说里，雄心勃勃地想一统"江湖"：借《清明上河图》里的上河一角，一网打尽了大小20余个武侠人物。穿梭在施耐庵、金庸、梁羽生、孟元老等人创造的人物世界里，我体味到了文本延展的快意，同时也感受到了江湖远逝的悲凉。于是在文末写上了一句："谨以此文向施耐庵、金庸、黄霑等先生致敬，也以此纪念那段远逝的青春。"

这个小说后来被《小说选刊》和《长江文艺·好小说》同时转载了，出乎我的意料。因为我还从没见过《小说选刊》转载这种类型的小说，也可能这种形式引起了编辑的注意吧。另一个中篇《打马过江湖》，已经不是讲武侠故事了，而是把《鸿门宴》的历史置放进一个剧组里，演绎了一场剧组版的江湖大戏。小说集里面还有《流沙》这样传统故事，乡下卖艺的人物，比武招亲的桥段，略有点传奇，绝招不过是擅长胸口碎大石，但与十步杀一人的大侠相比，算不上真正的武林中人，所以，我称之为"一个人的江湖"。你讲到了武侠小说的反武侠化，确实存在这么一种走向。因为面对金庸们构筑的武侠大厦，我们再徒劳地添砖加瓦已经力不从心了，所以，换种角度换种审视方式，也未尝不可。你《少年游》小说集里的《缁衣社》是如此，另一篇《令狐定律》也是如此，主人公的名字令狐兄直接来自《笑傲江湖》。由此看来，我们不约而同地走向了解构，走向了反讽，或许也是对我们当年少年轻狂的一种戏谑？如同《武林外传》，一个搞笑的江湖。

育邦：我偶尔看到作家石一枫对你《宋朝的娱乐生活》的评论，颇有意思。他说，这个小说意图从文体上就将荒诞贯彻到底，作者把《东京梦华录》《清明上河图》乃至于古龙和金庸的武侠小说糅合在一起，在一个虚构的空间里捕捉着现实之中难以发现的"生命中不能承受之轻"。和年长的作家不同，更新一代的写作者似乎并不满足于"就事论事"地用小说中的荒诞剧去反思什么、指责什么，而是将思考的范围泛化到了历史的终极意味。

宋世明：是的，也许同样是现代创作观的影响，这样一个抽象的主题往往被他们处理得像是一个游戏。随着荒诞的演进，荒诞本身的沉重面孔仿佛也被消解了。

育邦：在武侠世界里，所有的读者都会想，到底什么武功是最为高级的呢？一般门派的武功往往是象形象势的，比如华山派的"有凤来仪"、泰山派的"来鹤清泉"、丐帮的"打狗棒法"、全真派的"天罡北斗阵"；也有"降龙十八掌""辟邪剑法""乾坤大挪移"这种相对较为"虚"的功夫；那些象意的，空灵缥缈，如"羚羊挂角，无迹可求"，如"黯然销魂掌""千叶如来手"，似乎更加不可捉摸。金庸先生在《笑傲江湖》中，写了"无招胜有招"的武学境界，我觉得这大概是武学的真谛吧，视武功为一门真正的艺术。只有顿悟与抵达艺术臻境的习武者才能体会个中意味。风清扬对令狐冲说："学招时要活学，使招时要活使。倘若拘泥不化，便练熟了几千万手绝招，遇上了真正高手，终究还是给人家破得干干净净。""活学活使，只是第一步。""把套路打碎,混用,不能算无招,对方仍然可以辨别你的套路。"他向令狐冲打一个比喻:要切肉,就需要有肉摆在面前;要砍柴,总得有柴可砍;对手要破你招,你总得有招给别人破。当你无招的时候,对方就蒙了,根本不知道你下一步会打哪里,防不胜防。这就是"无招胜有招"。在《倚天屠龙记》里,张三丰向张无忌传授"太极剑法",最高境界即为所见剑招尽数忘记,心无拘囿,如行云流水,任意为之,这其实就是"无剑胜有剑"的剑术至高境界。看到这里,常给我以巨大的启示:我们写诗、写小说又何尝不是如此呢?

宋世明:我引用两段著名的话来回应你,啥叫武功高,啥叫境界高。一段是:"论武功俗,世中不知边个高,或者,绝招同途异路。但我知,论爱心找不到更好。待我心,世间始终你好。一山还比一山高,真爱有如天高,千百样好!"出自《射雕英雄传之华山论剑》主题曲。一段是:"他强由他强,清风拂山冈。他横任他横,明月照大江。"出自《倚天屠龙记》第十八章《倚天长剑飞寒铓》。当我们念起这些熟悉的武侠文字之时,心中想到的应该不是武功,而是情怀,是落日照大旗,是马鸣风萧萧,是事了拂衣去,是江湖儿女天荒地老。人人皆有江湖,世上独缺英雄,而我们每天睁眼所见,皆是世俗烟火。回望少年的你,我们曾经有梦,如今可不可以谈点情怀呢?我喜欢的一首歌送给大家,那就是《笑傲江湖》的主题曲,其中一句写道:"清风笑,竟若寂寥,豪情还剩了一襟晚照。"

育邦:历朝历代的文人学习剑术,并有任侠之气,大约皆如苏东坡所言欲皆"豪气一洗儒生酸"。侠客自由不羁的个性、豪气干云的激情以及生命肆意张扬的快感都令"毕竟是书生"的文人墨客们心驰神往。随着新派武侠小说家梁羽生、金庸、古龙、温瑞安的兴起,一时间洛阳纸贵,新派武侠小说成为风靡华人世界的现象级文化事件。如果要从中国人深层次的文化心理上讲,时代混乱,世界失序,公平和正义的缺失,使得个人的存在极为卑微,武侠在某种意义上是一种心理代偿,"缺什么补什么",中国人众多生存的时空中没有形成独立个人人格的机会,"武侠梦"帮助他们实现内心深处最为隐秘的欲望。

宋世明:《韩非子·五蠹篇》说:"儒以文乱法,侠以武犯禁。"侠文化其实在中国文化长河中不是太被待见的,是一种非主流文化。居庙堂之高而念江湖之远,文人被放逐之后,产生山水诗、边塞诗、游幕文学。至于游侠文学,从《史记》里的《刺客列传》,到唐传奇、明清小说、民国剑侠,一脉流传,其实还是借武侠的躯体,寄托个体甚至某类群体的文化心理。中国人最盼望两种人:一种是清官;一种是侠客。武侠文化折射出来的一个面相,就是个体期盼逃脱生活的桎梏,向往那个自在的江湖。就是平凡人逆袭,我命由我不由天这个卑微的梦的投射。当然,如今我们是现代社会了,讲究法治,路见不平有警察,有司法机关,打打杀杀肯定不行了,武侠小说也就失去了社会和文化的土壤。我们又不能学蜘蛛侠,那个不适合国情,所以网络文学中,仙侠、玄幻、穿越类的文学类型都出来了,其实他们依然还是一种代入,即你所说的文化心理代偿。武侠小说试图对社会现实提供一套话语来建立对未来的想象。看似与现实和社会矛盾拉开了距离，沉入到了江湖的荒芜和野蛮之处，但事实上仍然是无法超越现实。"虚构看似可以扭曲一切，但是虚构的每一个字背后都藏着真实的自己。"这话是苏童评价当年的先锋文学的，同样也可以用来评价武侠小说。翁美玲的香消玉殒，金庸大侠的离世，对武侠迷来说，都是江湖挽歌。当侠客梦醒来的时候，我们将会经历一场失落与迷茫并存、忧伤与缅怀共生的创伤体验。

奥尔加·托卡尔丘克和彼得·汉德克：为什么会选中这两位作家？

与谈人：邵风华 诗人、小说家

2019年10月10日，诺贝尔奖官方宣布：2018年度诺贝尔文学奖获得者为波兰女作家奥尔加·托卡尔丘克；2019年度诺贝尔文学奖获得者为奥地利作家彼得·汉德克。获奖理由如下：

奥尔加·托卡尔丘克："她叙事中的想象力，充满了百科全书般的热情，这让她的作品跨越文化边界，自成一派。"

彼得·汉德克："他兼具语言独创性与影响力的作品，探索了人类体验的外围和特殊性。"

育邦：10月10日傍晚，诺贝尔文学奖下出了双黄蛋：2018和2019年度诺贝尔文学奖得主终于揭晓。

邵风华：是的，瑞典学院公布了诺贝尔文学奖获奖者名单，分别是波兰作家奥尔加·托卡尔丘克和奥地利作家彼得·汉德克。终结了多日来文学圈在线上线下的种种猜测和议论。

育邦：开奖之前的几天，英国博彩公司 Nicer Odds 公布的赔率榜在文学圈和媒体界引发了热议……人们纷纷下注，榜单几经变化，国内好像下注最多的是中国作家残雪和叙利亚诗人阿多尼斯。

邵风华：在那个榜上，中国作家残雪、余华和诗人杨炼都在列，其中残雪一度排到第四位，所以获得了更多的关注。一直以来，残雪以其孤傲自立的写作姿态出现在国内文学版图之中，她的坚持得到了人们的尊敬，似乎成了纯文学的一个标杆，更有"中国的卡夫卡"之誉。我们姑且不论这个称号是否准确，她在中国文学界的独异性是一个不争的事实。

育邦：阿多尼斯以"精神上的流放者"自居，是世界诗坛享有盛誉的当代阿拉伯杰出的诗人，有评论者称其为"一位偶像破坏者、社会批评家，一位在思想和文学语言方面富于革新精神和现代性的诗人"，当然他经常来中国，在中国有较高的知名度。但我个人对他持保留意见。

对了，在开奖前几天，你就说彼得·汉德克能得奖。恭喜你中奖,假如你要下注的话,可以赢得不菲的奖金啊!你为什么会押他呢?这很神奇。

邵风华:其实在 2014 年莫迪亚诺得奖那年我就猜中了,只是不懂得如何下注,哈哈。这种猜测虽然是一种游戏,但并不是完全偶然。一是基于我多年来对外国文学的关注,他们得奖是实至名归;再就是出于对他们的热爱,盼望他们能够得奖。汉德克这样的作家是我的偶像,满足了我内心深处对于文学的景仰。

对这两个获奖者,你有没有觉得意外?

育邦:对于托卡尔丘克和汉德克获奖,从文学价值与当今世界文学趋势上判断,我一点也不觉得意外。无疑,经历一百多年风风雨雨的诺贝尔文学奖仍然是我们这颗蓝色星球上最为权威的文学奖项,尽管这中间争议不断:颁给过很多二三流作家而遗忘超一流作家,以及关于地域、语种、政治、经济等因素。

2018 年,奥尔加·托卡尔丘克被授予布克国际奖的时候,我就清楚世界文学版图上又一位重要作家产生了。以我此前对她的了解,对她早期作品《太古和其他的时间》的阅读,我认定她是当今世界范围内最优秀、最有创造力的小说家之一,肯定会成为诺贝尔文学奖的有力竞争者。只不过,我没想到,荣耀这么快就幸运地降临于她。我总是想菲利普·罗斯应该拿了,可是 2018 年他离开了这个世界;我还想米兰·昆德拉应该拿嘛,可是似乎遥遥无期……

邵风华：奥尔加·托卡尔丘克因其在文学上的创造性和创作实绩引起了世界范围内的关注，但这么快就得奖也的确称得上幸运，毕竟她才57岁。而声名卓著的菲利普·罗斯、厄普代克，都等不及获奖就去世了；米兰·昆德拉也已经90岁高龄。

近现代以来，波兰是一个命运多舛的国家，请谈谈你对于波兰文学的印象。

育邦："国家不幸诗家幸。"20世纪以来的波兰文学异彩纷呈，大师迭出，正成为世界文学版图中最有创造力和影响力的部分，正发出令人瞩目的光芒。

小说家托尔德·贡布洛维奇是20世纪最具独创性和最有才华的作家之一，荒诞、想象与游戏赋予他强烈的个人风格，他是一位正在发挥着巨大影响的世界性作家；切斯瓦夫·米沃什，当今最伟大的诗人与散文家，20世纪的见证人，以其敏锐的观察、深刻的思辨和杰出的语言天赋洞悉了人类心灵的奥秘，在中国拥有很多忠实的读者；布鲁诺·舒尔茨，这位被重新发现的世界级小说大师，他的想象力突破了我们对于日常生活的认知局限，为我们创造了现实生活的另一种维度；诗人亚当·扎加耶夫斯基、维斯瓦娃·希姆博尔斯卡、兹比格涅夫·赫伯特，科幻作家斯坦尼斯瓦夫·莱姆等作家也各具特色，都是令人钦佩的文学大师，也拥有巨大的读者群。

诗人米沃什、希姆博尔斯卡都获得诺奖了,今年又有小说家托卡尔丘克折桂,加上20世纪初的显克微奇和莱蒙特,共有5个波兰人获奖,可算是诺贝尔文学奖中的大赢家。而且扎加耶夫斯基、赫伯特也有问鼎诺奖的实力和声誉。

邵风华:这次获奖的两位都是欧洲作家。也许有人会对此心存疑虑、不满,甚至重提欧洲中心论的说法。其实从现代文学的起源、发展、文学成就上来看,这样的结果毫不奇怪。

事实上,现代意义上的文学、诗歌、戏剧乃至哲学的源头正是在欧洲。比如,出版于17世纪初叶的塞万提斯的《堂吉诃德》是公认的文学史上的第一部现代小说。而18世纪英国作家劳伦斯·斯特恩的《项狄传》,则被追认为一百年后出现的现代派小说的鼻祖,影响了一大批现代主义小说大师,如乔伊斯、卡夫卡等。众所周知,19世纪是被称为小说的世纪,其主要阵地仍然是欧洲。时至今日,瑞典学院的老先生们仍然看不起美国的文学和艺术,我认为他们有他们的道理。有人说这几位老人过于保守,但从刚刚公布的两位获奖作家来看,也许情况并非如此简单。文学和艺术自有其创新和拓展的内在要求,老欧洲老则老矣,其伟大的创新传统并未停滞。

育邦:彼得·汉德克的《卡帕斯》被认为是与贝克特《等

待戈多》相媲美的现代主义戏剧,每年在全世界有无数的版本在上演,有无数的观众在观看。你觉得,《卡帕斯》与《等待戈多》、汉德克与贝克特,他们之间是一种怎样的关系呢?

邵风华:在戏剧领域,汉德克承继了贝克特又有所推进。《卡斯帕》与《等待戈多》都是对传统戏剧的反叛,它们最大限度地消除情节和冲突,以"语句的形式来表达世界"。后者所表达的世界是荒诞和虚无的,没有希望和意义。而前者则认为,人学会了说话后如何为语言所折磨和"驯化",质询了语言本身的意义何在。它们都在精神和内涵上达到了哲学的高度。而在《卡斯帕》之前,汉德克还有一部在形式上更为怪异的剧作《骂观众》,全剧仅由互不相干的独白构成,舞台上的四个表演者没有任何交流,各自对观众喷射着"冒犯之语"。他们的作品,都可以用汉德克所命名的"说话剧"来形容,在本质上,它们其实是"反戏剧"。

关于奥尔加·托克尔丘克,请谈谈你对她的看法。

育邦:从目前翻译成中文的托卡尔丘克的两部长篇小说《太古和其他的时间》与《白天的房子,夜晚的房子》来看,托卡尔丘克的写作形式非常明显,就是片段写作。有评论家认为托卡尔丘克一节一节的片段叙事如同叙事水晶,并且"叙事水晶成长为一种理想的尺寸,其独立结构不会破坏故事整体平衡"。而托卡尔丘克自己说得更有意思,她解释说这就像古人看天空中的星星并将它们分组,然后又将它们与人或动物的形状联系起来,她称之为"星座风格",将故事、随笔和文学素描送入轨道,使读者的想象力形成有意义的形状。

哦,她还是一个喜欢到处收集故事的"女巫"。她把民间传说、童话寓言、史诗神话和现实生活糅合进一个文本中,把文化的、历史的、科学的、生活的各种元素立体地交叉到一起,把宏大叙事转化为一个个细微的"叙事水晶"晶体,发展着她既紊乱暴戾而又和谐统一的"星座风格"。在她制造的巨大"星座"中,朴素与复杂、天真与睿智、崇高与肮脏、苦难与幸福都神奇地融为一体。她的书充满奇思妙想,涌动着不同寻常的事物,而魔幻与神奇又根植于现实生活之中。正如她的中文译者易丽君教授所言:"她建立了这样一种信念:文学作品可以是既易懂而同时又深刻的,它可以既简朴而又饱含哲理,既意味深长而又不沉郁。在她的小说中,日常生活获得了少有的稠度,充满了内在的复杂性、激烈的矛盾和冲突,以及耐人寻味的转折和动荡不安的戏剧性。"

总体上看,托克尔丘克叙事自由,充满激情,富有活力,明显有巴赫金说的那种叙事狂欢化的特征。她的作品是面向过去的"寻根",是一种"历史顿挫";她的作品面向现实的观照,是一种"时代印记";她的作品是面向未来的憧憬,是一种文学"乌托邦"。

邵风华：看来，托卡尔丘克的文学之根深深地扎于波兰这片国土。

育邦：对。托克尔丘克在专事写作之后，住在下西里西亚农村，这是波兰南部地区，"二战"后才成为波兰的一部分。她说："我很幸运能有这么一块空白之地来描述，因为在波兰文学中没有关于它的传说或童话故事。"近几年，你常常跟我和其他朋友也说到彼得·汉德克，可谓汉德克的忠实拥趸。

邵风华：彼得·汉德克最早进入我们的视野，大概还是由于他的戏剧作品，在20世纪90年代，孟京辉就排演了他向汉德克《骂观众》的致敬之作。想到彼得·汉德克在24岁时就写出这样颠覆性的作品，不能不叹服他的天才和早熟。由他编剧、文德斯执导的电影《柏林苍穹下》也已成为电影史上的经典。大约从2013年开始，彼得·汉德克的小说和戏剧作品开始集中译介出版，使人们得窥这位早已享誉世界的作家的艺术特色。

彼得·汉德克出生于"二战"期间的1942年，战争所带来的童年阴影始终伴随着他的写作。他在创作于大学时期的《大黄蜂》的题记中写道："你走了还会回来／不会在战争中死去。"在此后漫长的文学生涯中，他创造了一个又一个奇迹，不仅以戏剧作品与贝克特比肩而立，而且获得了毕希纳文学奖、卡夫卡文学奖等重要奖项，被称为德语文学"活着的经典"。

汉德克始终坚持文学的严肃性，他认为这个世界没有比严肃更美妙的东西。年轻时他就闯入"四七社"的年会，直斥战后德语文学的软弱无力，认为德语作家们只会讨好批评界，缺乏创新意识。而他在自己的创作中一直不断创新。他反对传统文学观念中封闭的叙述方式，强调文学要探索自我，表现还没有被意识到的现实，破除一成不变的价值模式，要"脱离不必要的虚构形式……而更重要的是表达感受，借用语言，或者不借用语言"。

语言创新是汉德克文学追求的第一要义。瑞典学院给出的获奖理由即是："他兼具语言独创性与影响力的作品，探索了人类体验的外围和特殊性。"美国作家厄普代克指出："汉德克具有那种有意的强硬和刀子般犀利的情感。在他的语言里，他是最好的作家。"

汉德克反对传统的宏大叙事，而以个人经验的书写来反映存在的普遍性。在70年代之后，开始了他寻求自我的"新主体性文学"写作，开始从语言游戏及语言批判，从先锋与含混不清走向隐忍与宁静，在静寂中默默承受人生的痛苦与荒诞。他的《无欲的悲歌》《左撇子女人》等作品，或是以一种喁喁独语的、冷静而不乏暖调的叙述重现记忆，还原过去的生活和由记忆而鲜活起来的痛苦和恐惧；或是通过较为晦暗的、间离的意识流动，来揭示在精神的临界状态下的生活的孤独与诗意，最终抵达冷冰冰的真实。

在他的"归乡"四部曲及《去往第九王国》《痛苦的中国人》等作品中,他直面社会生存现实的困惑,探察生存空间的缺失、主体与世界的冲突,意图通过内省和写作来构想一个完美的世界。但随着90年代之后世界的风云激荡,他无视外界的压力,一意孤行,通过一系列戏剧和游记作品揭露潜藏着战争的现实和人性的灾难。他坚定地把自己的文学创作看作对人性的呼唤与反思:"我在观察。我在理解。我在感受。我在回忆。我在质问。"

在艺术上,尽管人们觉得他总是离经叛道,充满了实验和现代主义精神,但汉德克认为自己是一个传统作家。他将自己认定为托尔斯泰的后代,一个传统经典作家。另外,他还将歌德看作自己的榜样,倡导一种基于自我与民族的世界文学,哪怕它并不存在。对于汉德克来说,写作是这个世界上最美妙的职业,而阅读则代表了最伟大的生活。"对于我来说,阅读就是这个世界的心。"

虽然出版最多的是小说和剧作,但他将诗歌视为自己的灵魂,他认为自己是"一个具有诗意的作家",只是带着一些戏剧性的倾向。他更看重的是他内在的"偏向诗歌""偏向抒情性"的方面。而戏剧性只是他灵魂深处多声部的东西,或者一棵大树上的美丽枝杈——树的主干,仍然是史诗性的叙事。

2004年,当奥地利女作家耶利内克获得诺贝尔文学奖时,她说:"我从来没有想过能获得诺贝尔奖,或许,这一奖项是应颁给另外一位奥地利作家彼得·汉德克的。"从这个意义上来说，汉德克的获奖，使诺贝尔文学奖减少了一个可能出现的遗憾。

育邦：在我看来，如果说这两位获奖作家有什么共同之处，我想他们都是对现有文学样式和文学秩序的"反叛"，他们高举欧洲文学中不断创新、不断发现的伟大传统大旗，他们绝不墨守成规，他们在成为自己的时候就开始反对自己。他们都有一副深切关注人类命运与精神状况的悲悯情怀。与其说诺贝尔文学奖是授予他们创作的文学杰作的，倒不如说这次诺奖是褒奖两颗自由不羁的灵魂。托克尔丘克致力于在小说写作中创造与发展属于她自身的独特的"星座风格"，而汉德克创造性的"说话剧"是如此尖锐地锲刻到我们庸常的生活和思想深处。托克尔丘克与汉德克以充满激情的创造力和无与伦比的才华开拓了小说与戏剧的疆域。

她"用朴素的美使个人的存在变得普遍"

与谈人：柳向阳　诗人、翻译家
　　　　孙　冬　诗人、学者

【导言】露易丝·格丽克，一位辛勤耕耘60载的美国女诗人，"因为她那无可辩驳的诗意般的声音，用朴素的美使个人的存在变得普遍"而获得2020年诺贝尔文学奖。我们今天有幸邀请到国内长期跟踪和翻译露易丝·格丽克的最重要的翻译家、诗人柳向阳先生，长期从事美国诗歌交流与研究的孙冬教授，一起谈谈近70年来美国诗歌的风向、获奖者格丽克的诗歌风格及其独特的诗歌腔调、格丽克"月光般的冷静""合金般的质地"的精神源流以及她私密的诗歌"炼金术"。

育邦：一年一度的诺贝尔文学奖于10月8日正式揭晓了。

今年的诺贝尔文学奖授予了美国女诗人露易丝·格丽克,其获奖理由是"因为她那无可辩驳的诗意般的声音,用朴素的美使个人的存在变得普遍"。20世纪以来,英语文学中产生了一系列伟大诗人,庞德、艾略特、叶芝、奥登、史蒂文斯、弗罗斯特、狄兰·托马斯、威廉斯、拉金、特德·休斯、阿什贝利、默温、加里·斯奈德等等,形成了一个令人眼花缭乱的超级豪华诗人矩阵。露易丝·格丽克,作为60年持续创作的最为重要的美国女诗人获得诺贝尔文学奖也是实至名归。罗伯特·哈斯称格丽克是"现在最纯正,最有成就的抒情诗人之一"。

孙冬:从20世纪后半叶到当下,美国诗坛可以说是杂花生树,众声喧哗。很多流派像20世纪初开始的意象派诗歌、40年代兴起的垮掉派、50年代兴起的黑山派和旧金山文艺复兴派的诗人依然活跃在美国诗坛,新的力量也开始入场,如50和60年代的自白派歌以及后来的语言派、纽约派、新形式主义、概念派写作、弗拉夫流派等。此外,在哈莱姆文艺复兴传统滋养下的黑人诗歌、西裔诗歌流派、印第安土著和亚裔诗人群体以及女性和酷儿诗人书写的身份诗歌也异军突起,还有近些年气候和环境灾难催生的生态诗歌等等。所有这些都构成了美国当代诗歌的生态。成就很大的诗人有很多,包括罗伯特·洛维尔、艾伦·金斯堡、西尔维娅·普拉斯、安妮·塞克斯顿、W.S.默温、伊丽莎白·毕晓普、马克·斯特兰德、查尔斯·布考斯基,以及华裔的李立扬等。黑山派诗人查尔斯·奥尔森开辟了"投影诗"的概念。所谓"投影诗"的主要是:形式上要求开放,提倡自由格律,用诗人的呼吸来衡量音节和诗行,以代替传统的音步,遣词造句也应该适应诗人的思想、呼吸和手势的节奏。纽约派的约翰·阿什贝利,使用日常口语将个人生活的快照和文化变迁交融在一起。他们的诗歌风趣、揶揄,在琐碎中见奇异。垮掉派人物主要有艾伦·金斯堡、杰克·凯鲁亚克等,金斯堡体现了现代主义诗歌的一个巅峰,又蕴含对现代主义的解构。语言派出现在70年代,主要影响来自俄国形式主义、英美新批评,是与后现代主义和后结构主义同时发生的。当时的文学创作和文学批评出现一个语言学的转向。语言派诗人强调非指涉性,凸显语言的物质性,反对语言作为无中介的透明介质。言语不能表现真实,但语言能生成意义,更新对真实的认识。诗歌的功能在于强化审美体验。通过制造断裂,改变语法、句法的自然秩序,转换语域和空间等要求读者积极地建构诗歌意义。进入80年代之后,美国诗歌进入更加多元和去中心的状态,出现了弗拉夫和概念派写作等。这些流派把互联网、新媒体融入写作当中,突出表演性,去宏大叙事,去各种艺术形式界限,去学科界限,去生活和诗歌的界限,在诗歌政治和生态上呈现杂糅与对峙、冲突并存的状态。弗拉夫派被称为21世纪第一个可辨识的诗歌流派。我觉得今年瑞典文学院把诺贝尔文学奖授予露易丝·格丽克,也是对美国诗歌在20世纪下半叶取得巨大成就的肯定。

柳向阳:格丽克出生于一个敬慕智力成就的家庭。她在随笔《诗人之教育》中讲到家庭情况及早年经历。她的祖父是匈牙利犹太人,移民到美国后开杂货铺谋生,但几个女儿都读了大学；唯一的儿子，也就是格丽克的父亲，拒绝上学，想当作家。但后来放弃了写作的梦想，投身商业，相当成功。在她的记忆里，少女贞德的英雄形象显然激起了一个女孩的伟大梦想，贞德不幸牺牲的经历也在她幼小心灵里投下了死亡的阴影。她回忆说："我们姐妹被抚养长大，如果不是为了拯救法国，就是为了重新组织、实现和渴望取得令人荣耀的成就。"格丽克的母亲尤其尊重创造性天赋。她的诗歌《黑暗中的格莱特》，其实是她对格林童话《汉赛尔与格莱特》皆大欢喜的结局深表怀疑：虽然他们过上了渴望的生活，但所有的威胁仍不绝如缕，可怜的格莱特始终无法摆脱被抛弃的感觉和精神上的恐惧——心理创伤。甚至她的哥哥也无法理解她、安慰她。而这则童话中一次次对饥饿的指涉，也让我们想到格丽克青春时期为之深受折磨的厌食症。

育邦：露易丝·格丽克是匈牙利裔犹太人，但她并没有像其他多数作家把内视的目光过度专注于自己的族裔及犹太人身份，而是专注于更为广阔、更为普遍的人类的情感，人们的生与死、爱与恨，从大自然、从伟大导师、从纷繁复杂的人类存在中获取文本内容与创作灵感。也许她没有剑拔弩张，金刚怒目，而是一种纯粹宁静的气息，是一种菩萨低眉式的悲悯。

柳向阳：格丽克出生在犹太家庭，但她认同的是英语传统。她阅读的是莎士比亚、布莱克、叶芝、济慈、艾略特……以叶芝的影响为例：她是借用古希腊罗马文化，还有《圣经》，但她只是借用《圣经》里的相关素材，而非演绎、传达《圣经》。她在诗歌创作中对希腊神话的偏爱和借重，也与此类似。譬如说，她的诗歌《罗马研究》，如果不熟悉相应的典故，读起来也是莫名其妙。格丽克诗中少有幸福的爱情，更多时候是对爱与性的犹疑、排斥，如《夏天》："但我们还是有些迷失，你不觉得吗？"她在《伊萨卡》中写道："心爱的人／不需要活着。心爱的人／活在头脑里。"而关于爱情的早期宣言之作《美术馆》，写爱的显现，带来的却是爱的泯灭："她再不可能纯洁地触摸他的胳膊。／他们必须放弃这些……"格丽克在一次访谈中谈到了这首诗："强烈的身体需要否定了他们全部的历史，使他们变成了普通人。使他们沦入窠臼……在我看来，这首诗写的是他们面对那种强迫性需要而无能为力，那种需要嘲弄了他们整个的过去。"

孙冬：格丽克的创作生涯持续了 60 年，这 60 年正是西方第二波、第三波甚至第四波女性主义风起云涌的时代。性别、身份、自我、身体等概念不断地被人们重新界定。她的诗歌具有强烈的女性主义思想是不奇怪的，没有女性主义思想才是比较奇怪的。事实上，我觉得如果一个人关注女性的境遇并认为男女应该平等，那么她就已经是一个女性主义者了。格丽克诗歌中的女性说话者似乎乐于通过挖掘历史来言说当下。而这种带着女性意识的挖掘通常都带来一种无力感——一种陷于文化囹圄和身份桎梏的窒息感和一种超越和出离的渴望。这个时候，格丽克通常会借助神话人物——黛朵、珀耳塞福涅、欧律狄刻等述说经验、扭转时间、慰藉创伤、缓解冲突，甚至实现自我孕育和降生。格丽克 2006 年的诗集《阿拉若山》中的《赋格》和《珀耳塞福涅，一个漫游者》两首诗歌就探讨了女性的身体和自我身份的构建。事实上，格丽克不仅质疑性别身份和性别结构，她还拒绝承认种族群体和宗教派系的差异，这使得她的诗歌成为一种抗拒定义和消弭等级的诗歌。此外，诗人对于男性秩序的突破也体现在语言的使用上。《黑暗中的格莱特》一诗重新讲了民间传说以及基于民间传说的19世纪的歌剧《汉赛尔与格莱特》的故事。汉赛尔和妹妹格莱特是孤寡穷苦的扫帚匠彼得的两个孩子。格蕾特尔在原剧中是一个乐观、聪明的女孩，她逗哥哥开心，最后还勇敢地解救了汉赛尔。但在本诗当中她却充满抱怨，抱怨自己从未拥有女性的关怀。父亲性格冷漠，每天把她锁在屋里，她羡慕哥哥能够从家中出逃。尽管她不惧怕女巫，但是她却畏惧孤独和黑暗。

育邦：一方面，文学界要求美国文学必须从"美国宗教"与"美国灵魂"中走出来；另一方面，作为外来族裔，露易丝·格丽克又必须融入美国文化，深入"美国灵魂"。很多情况下，这其实是美国少数族裔作家必须面临的困境和悖论，要获取文学上的"超越性"就必须付出比本土作家更多的智力与汗水。

柳向阳：格丽克早期在美国诗歌史中被列入"后自白派"，还是比较准确的，她承自白派而来，这是她的出发点和路径，但她很快超越了自白派这个概念。不同在于，她拿了古希腊罗马神话以及《圣经》来做面罩，也算是一种对伟大古典的回归吧。从方法上讲，心理分析对她影响最大。格丽克写作60年，有论者说："格丽克的每部作品都是对新手法的探索，因此难以对其全部作品加以概括。"总体而言，格丽克在诗歌创作上剑走偏锋，抒情的面具和倾向的底板经常更换，同时又富于激情，其诗歌黯淡的外表掩映着一个沉沦世界的诗性之美。其语言表达上直接而严肃，少加雕饰，经常用一种神谕的口吻，有时刻薄辛辣，吸人眼球；诗作大多简短易读，但不时有些较长的组诗。近年来语言表达上逐渐向口语转化，有铅华洗尽、水落石出之感，虽然主题上变化不大，但经常流露出关于世界的玄学思考。纵观她的创作，格丽克始终锐锋如初，但其艺术手法及取材却一直处于变化之中。

孙冬：格丽克的家庭是典型的犹太家庭。她的诗歌很自然承载着犹太人的种族和历史记忆。格丽克曾经说，我更愿意使用"作家"这个称谓，而不是"诗人"。"诗人"这个名称体现出某种雄心，而不是一种职业。也就是说"诗人"不是一个合法"护照"。这是非常犹太的一种思维。一种随时需要逃生的潜意识。比如《野鸢尾》的开头几句就是："在我苦难的尽头／有一扇门。"《雪花莲》中有一句："我并不期望存活。"《新生》的第一句："你拯救了我／你应该记得我。"但是她的诗歌更多的是关注人类共同的母题：自然、死亡、抑郁、爱情、创伤以及个人生活的仪式等。她的犹太性巧妙地融入人类的共性当中。

育邦：我也注意到，露易丝·格丽克在整体上关注的焦点依然是生与死、爱与性、存在与虚无等人类共同的"伟大母题"，即如福克纳所言为"爱与悲悯"而写作。同时其文本中的私人性也处处可见,她通过朴素而准确的诗歌写作使得她幽深的私人经验、个体的独特体验抵达了人类公共性的价值存在之中,抵达人们悖论存在的美之战栗之中。

柳向阳:在美国诗人中,对东方文化的借重,像斯奈德这样的,对古代希腊文化的借重,像格丽克这样的,其实是比较多的。但格丽克对古代希腊文化的借重,走得更远,她更喜欢经常戴着这个面罩,写她自己的生死爱性。格丽克诗歌的一个重要特点就在于她将个人体验转化为诗歌艺术,换句话说,她的诗歌极具私人性,却又备受公众喜爱。但另一方面,这种私人性绝非传记,这也是格丽克反复强调的。她曾说:"把我的诗作当成自传来读,我为此受到无尽的烦扰。我利用我的生活给予我的素材,但让我感兴趣的并不是它们发生在我身上,让我感兴趣的,是它们似乎是……范式。"

孙冬:是的,格丽克经常被认为是一个自传诗人。她的个人经验包括她的童年、家庭关系、她的旅行、她的园艺、她的精神困扰以及现实生活的细节都在她的诗歌中得以展现。但是她的自传性不是普拉斯式的自白,而是一种精确、节制的书写。2012年《纽约客》的一篇文章将她称为"第一人称法医",意思是她对于自我的剖析客观、中立、不带过多的感情色彩。当格丽克诗歌用平实的词汇和自然的语气来讲述痛苦的家庭关系的时候,就会产生一种强烈的反差。而且,诗人的高明之处就是将个人生活和更广大意义上的社会生活和诗歌传统、历史、神话有机地融合在一起。赋予自我角色更多的人格和声音。我想这是一种自我救赎的努力,通过向后看而解决当下和拥抱未来。

育邦:无论纵向还是横向,艺术史(包括诗歌史)都是由前辈艺术家和今天艺术家的相似性链接在一起的。格丽克的主要阅读对象包括莎士比亚、布莱克、叶芝、济慈、艾略特等,这是一个清晰的英语经典诗歌谱系,当然后来罗伯特·洛威尔和西尔维娅·普拉斯也进入了她的写作谱系。我们如何看待这一谱系呢?毋庸置疑,这是一个伟大的传统,但从革新的意义上讲,这种传统也相对保守,在形式和语言上也许并没有多大的开创意义。

柳向阳:早期的格丽克在美国诗歌史中被列入"后自白派",但她喜欢把诗放入古希腊神话的场景,有时整本诗集都这样。从语言上讲,她算是一个正统的抒情诗人,当然也是非常优秀的抒情诗人。有的诗人天生是革新家,而有的不是。

孙冬:我认为创新从来都是和传统相并置的。没有传统就没有创新。刚刚我谈到的《黑暗中的格莱特》这首诗歌就是对于神话和过去经典的借用和戏仿。但这种借用不是照单全收,而是从中汲取养分,为我所用。在她的《野鸢尾》和《沼泽上的房屋》中,格丽克似乎是重访浪漫主义的自然诗歌的传统,但是又趣味迥异。比如在《野鸢尾》中,和旧有的自然诗歌不同,诗人园中的植物都是有感情、有思想的主体。确实,在格丽克的诗歌当中可以听到艾略特、济慈等诗人的声音,《新生》这部诗集也毫无疑问是指向但丁的作品。但在拒绝和既定秩序相认同这一层面上,她更像艾米莉·狄金森。在吐露私人生活和隐秘情感方面,当然也有自白派的影子,但是就像我前面说过的,格丽克的自白是有别于西尔维娅·普拉斯的。普拉斯当时所要对抗的是艾略特开创的非个人化的传统,她的反抗肯定是更为激越的。

育邦:当然,也许格丽克不是我们期望值中的伟大诗人。但也有可能,这是偏见和误判。她诗歌中"月光般的冷静"及"合金般的质地"还是征服了很多读者。艾略特说:"现存的不朽杰作相互间形成一个理想的秩序,这个秩序由于新的(真正新的)艺术作品的介入而受到变更。"

柳向阳:也许我们很难对其在诗歌史中的地位做出精确的定位,但她的谱系是清晰的。因而,她的诗歌也就有其相应的读者群。

孙冬:评判一个当代作家和诗人是很难的,也是不准确的,诺奖也只是一种评价体系,一种比较权威的评价体系而已。但在此之前,格丽克囊括了几乎所有重要的诗歌奖项这一事实也可以从另外一个方面证明她的确是实至名归。格丽克的诗歌继承了整个英语诗歌的伟大传统,也必将改变传统和未来。未来也必将改变格丽克的诗歌和对于她的诗歌的评判。更多的阅读也许是我们改变和调整我们认识的最好方式。

自媒体时代的写作

与谈人：杨庆祥　评论家

【导语】自媒体时代的到来，极大地改变了我们的写作生态。同时也加剧了阅读与思考的分离，写作的趋利性色彩也更加明显。今天，我们请来青年批评家杨庆祥作为对谈嘉宾，与主持人育邦一起探讨"自媒体时代的写作"的特点，自媒体时代对于文学创作产生的深层次的"化学反应"，作为"知识分子"的作家秉持何种态度，"纯文学"扭转"弱势"的可能性，以及作家和时代之间深切"交互关系"。

育邦：众所周知，网络的出现和数字化时代的到来将使人类社会的发展进入信息高速公路，迎来人类信息传输方式的第三次大变革。网络兴盛以来，出现了以快捷消费为特征的网络文学。似乎截然不同于传统文学，或者说纯文学。随着手机客户端的兴起，每一位作者在自媒体中能寻找到自己存在的空间和位置，自媒体时代的写作在内容生产和传播上已与过去大为不同。

杨庆祥：自媒体时代给了写作者一定的机会，看起来写作变得更加容易，继而更加普遍了，但同时应当看到的是，正如你所说的，自媒体时代的写作是以"快捷消费"为特征的，消费的主体是读者，这就不可避免地导致作者以读者的审美趣味为导向，读者快餐式的阅读很可能会加剧阅读与思考的分离，使作者的写作体现出更多功利性和大众化趋向。同时，这里存在一个悖论，表面上看起来，每一位风格不同的作者都能在自媒体写作那里找到属于自己的独特位置，但是实际上，如何在一个以读者阅读数据为反馈的写作机制中坚守自己的风格将是一个巨大的挑战。自媒体时代对写作者提出了更高的要求，如果人人都可以成为写作者，那么真正优秀的写作者必然需要更高的素质。如何在多元的阅读需求面前找到自己，坚持真正的个人性，厘清写作的意义和价值，都是值得思考的问题。

育邦：以诗歌为例。诗人曾经是"未被承认的人类立法者"，甚至还是"世界的推动者和塑造者"。20世纪80年代以来，诗人们乐于表现为狂热的"立法者"和"启蒙者"，但这种表现是表面化的，在具体的诗歌写作中，不断地强化自我的历史意识和历史位置感，不断要求实现作品的经典化和历史化。他们以相对进步的价值观来映射一个时代的变迁。甚至在这一过程中，诗歌作品普遍流露出崇高、抒情和想象的特征。进入 21 世纪以来，特别是网络兴盛以后，诗人的身份开始发生明显的变化。从强力介入社会的"立法者"和"启蒙者"转变为面目模糊的自省者、自我实现者。在社会层面上，越来越要求诗人成为一名有正常政治诉求、物质诉求和精神诉求的合格公民，即从"神""时代骄子"走向"平民"，成为公民社会的一分子。在传承遗产和传统的要求中，诗人是否可以归结为传统意义上的文人呢？这也是一个需要思考的问题。

杨庆祥：传统意义上的"文人"依然是以"精英作者"自居的。20 世纪 80 年代诗人的身份意识和自我想象有点像是传统文人和现代批评知识分子的合体。我并不认为这种身份意识就完全过时了，反而觉得这些是一个真正优秀诗人的必要精神构成元素。不过，这些不能是全部，否则就无法适应以互联网为主导形态的当下社会，"精英意识"和"平民意识"并不矛盾，做一个"普通的英雄"是波德莱尔以来现代诗人的基本准则。

育邦："文人"显然就是所谓的"知识分子"。朱利安·班达认为："知识分子的作用不是去改变世界，而是忠实于理想，我以为这对于人类的道德是必要的（对于人类的审美，更是如此）。""知识分子"需要实现"精英意识"与"平民意识"的悖论统一。班比也认识到"知识分子事实上也食人间烟火，对于实践利益也有感触。""轻视人间的幸福，高扬某些知识分子的价值，特别是公正价值，这些人的目的如果是为了'拯救自己的灵魂',那么他们也不是知识分子"——这里他无非在说明知识分子也是人,就如同说佛陀首先是人一样。像所有的宗教信仰一样,知识分子的理想世界必须是现实生活价值的对立面吗?他摒弃对生活的种种傲慢之举,摒弃现有的共同的世俗价值理念,只能去践行彼岸的生存方式。知识分子要"把真理置于现实的利益之上"。

育邦:姚斯的接受美学告诉我们:"作品的教育功能和娱乐功能要在读者阅读中实现,而实现过程即是作品获得生命力和最后完成的过程。读者在此过程中是主动的,是推动文学创作的动力。"现在的客观事实是,网络文学的读者数量远远大于以期刊或书籍为阅读媒介的传统读者,但它不幸地处在"文学鄙视链"的末端。在整个文学生态中,所谓"纯文学"的受众面和影响力似乎也日趋下降。读者也主动参与了很多网络文学的"创作",而"纯文学"领域基本上靠作者"自身的天才"属性苦心造诣、独自创作。

杨庆祥:我曾经回答过这个问题,并为"纯文学"的"弱势"而感到痛心疾首,但是我现在认为,这不是一个网络文学兴起之后才导致的现象,阅读和思考的分离是古已有之的,思考永远属于小众群体,这种观点虽然有文化精英主义的倾向,但是我认为无法强迫网络文学读者参与到"纯文学"的阅读和写作中,也无法使"纯文学"爱好者投身网文的阅读中,因为本身这两个读者群体的阅读目的就是截然不同的。或许,"纯文学"也可以不再以期刊或书籍为主要载体，移步网上，但是它的受众数量也依然不会因为传播媒介的变化而扩大，反而很可能会在对读者口味的迎合里失去自我。网络文学与纯文学互相排斥的现象很可能会长期存在，但是不可否认的是，纯文学可以从网络文学的借鉴中获得某种思维上的活跃和时代感，网络文学的质量也有以纯文学为标杆的可能，也可以理解为一定意义上的互相成全。

育邦：在今天，作家面临着新的变革，无论是物质、社会层面上，还是精神、心灵层面上，都是如此。我甚至愿意引用瓦雷里在20世纪早期说过的一句话，来说明这个问题。他说："我们有幸——或极大地不幸——面临人类活动及生活本身的一切境况的一场深刻、迅猛、不可抗拒和全面的变革。"我想，在21世纪的中国，变革更甚。因而作家们面临着更丰富的题材资源，但是同时也是陌生的挑战。

杨庆祥：时代变革确实会让作家面对更加丰富的写作资源，但是这只是说作家所面对的外界环境发生了变化，并不一定会让作者的写作比过去更有优势，毕竟文学创作的本质是向着人类精神腹地探索的过程，虽然社会的巨大变革在一定程度上会使向生命征伐的图景更加鲜明，但是作家如何不迷失其中，如何保持抵抗的姿态，去写出精神性的探索才是关键。就像米兰·昆德拉所说的，写作应当是一种延续不断的发现，而不是精神层面的重复。很多小说的内容是写时代变革的，这些小说虽然涉及了最新的社会现象，但是并没有获得精神层面的超越性，也就是没有米兰·昆德拉所描述的小说历史的延续性,这样作品就很难成为经典,所以,作家如何透过纷繁复杂的题材资源看到故事更深层的灵魂,如何把握时代的脉搏,又不被预设的主流思潮所束缚,是一个值得好好思考的问题。就像海德格尔说的,人与世界的关系并不是主体与客体的关系,世界并不是一个被人观察审视的对象,它是人的一部分,是人的维度。时代发生变化,身处其中的人也会变化,同样,作品也会因时代的变化而呈现不一样的风格。但这并不代表时代与作品的变化是一一对应的,很多作品是超越时代并凌驾于时代之上的。

育邦: 每一位作家都渴望契入自己的时代,但同时也惧怕时间无情的审判,渴望作品具有永恒性。在他们面前,如何成为一个进退有据的"同时代人"是一个难题。正如阿甘本言:"真正同时代的人,真正属于其时代的人,是那些既不完美地与时代契合,也不调整自己以适应时代要求的人。因而在这个意义上,他们也就是不相关的。但正是因为这种状况,正是通过这种断裂与时代错误,他们才比其他人更有能力去感知和把握他们自己的时代。"因此,同时代性也就是一种与自己时代的奇异联系,同时代性既附着于时代,同时又与时代保持着距离。

杨庆祥: 过于认同某种社会形态是危险的,同样,过于沉浸和认同所处的时代也是危险的,这是因为预设的思维框架会形成认知的偏颇,形成偏见,使我们不能更客观地接近时代的真相。这个问题不局限于"同时代",在观察任何一个时代乃至时代中的事物时,都要把握认知的距离,保持冷静和疏离。

育邦:我们似乎永远都处在"这不是最好的时代,也不是最差的时代"的悖论之中。但是,每一个时代都会产生属于自己时代的代表性作家和代表性作品。一代又一代有创造力、有独特艺术价值的作品将会以垂直传播的方式获得流传,并不断扩大其影响,甚至最终成为经典。自媒体时代为此提供了技术上的保证。

杨庆祥:自媒体时代为文学作品传播的广度提供了便利的条件,某些作品的读者数目可以达到一个想象不到的量级。但是便捷带来的往往不是深刻,倾向于使用便捷途径获取资源的人往往缺失某种深耕的精神,简单地说,就是会怕麻烦,对事物的思考流于表层。这样的特质带来的危险是,网络时代广泛传播的作品未必能够具有精神乃至灵魂层面的穿透力,它们抵挡不了时间的淘洗,也就难以成为经典;反过来,具有思想上的超越性的作品,又由于其需要深刻的思辨而难获自发性的网络层面的广泛传播,所以尽管网络使传播变得便捷,在自媒体网络时代的作品经典化方面,我的看法是悲观的。

诗人是大自然的一种现象

与谈人：蓝蓝 诗人

【导言】一直以来，中国就是一个诗歌教育大国。今天的学校教育体系中，诗歌（特别是现代诗）教育的状况似乎并不令人乐观。而诗人北岛、蓝蓝等愿意为孩子们、为中国的诗歌做出自己的努力，分别编写了《给孩子的诗》和《给孩子的100堂诗歌课》，以弥补我们当代教育中明显的诗歌教育的缺失。今天，我们邀请诗人蓝蓝，与她谈谈诗歌教育的缺失、诗歌对于孩子们的意义、编写《给孩子的100堂诗歌课》的初衷与选稿标准、"未来诗人"将如何成长等话题。这既关乎诗歌，也关乎教育；这些话题属于家长、老师，更属于孩子们。

育邦：孔子说："人其国，其教可知也。其为人也，温柔敦厚,《诗》教也。"孔子极其重视诗歌教育的功效。可以说,他为中华民族开创了一种诗歌教育的传统。现在的孩子开口说话,就会背诵"春眠不觉晓,处处闻啼鸟。夜来风雨声,花落知多少""白日依山尽,黄河入海流。欲穷千里目,更上一层楼"。诗歌已经成为中国人的一种特定的文化基因,在我们的身体中永不停息地流淌。

蓝蓝:中国文化中一向对诗歌教育非常重视。我国第一部文学作品集就是诗集,"不学诗,无以言",所以自古至今,无论贫富、无论官员还是平民,家里孩子的蒙养教育大多都从学诗开始。像《千家诗》《格诗联璧》《笠翁对韵》等等,都是私塾蒙馆里教孩子学习的启蒙教材。可以说,历史上的"盛世",同时也肯定是诗歌教育和诗歌创作的兴盛之世,比如唐朝,比如宋朝等等。懂不懂诗,会不会写诗,不仅仅是衡量一个人有没有文化的标准,而且最关键的是,它也影响着国家官员的选拔任命。在那些时代,诗歌教育的重要性不言而喻。

育邦:而今天的学校教育体系中,诗歌教育的状况似乎并不令人乐观。古典诗歌教育仍然占据着不可撼动的地位,这是伟大传统的延续。而新诗教育则境地相当尴尬。"诗歌除外"几乎是中考和高考作文的一个必不可少的要求,有人说,这便是新诗教育失败的关键因素。其实,这只是一个表面现象而已。有诗人评论说,"人们从来没有像现在这样兴高采烈地诋毁诗歌""现代诗歌总是以丑闻的方式上头条",这似乎也可以让我们的教育体系(包括学校、老师和家长)为新诗教育的缺失寻找到一个相对不错的借口。

　　蓝蓝：我们当下的教育是应试教育，也就是以考试分数作为评价标准的。只要我们高考的评价体系和评价标准不变，应试教育就会继续大行其道。古典诗歌在中小学教材中占有更多的比例，是因为教材编选者基本可以根据历代文学家、学者"经典化"的定论去编选，而只有百年历史的自由体诗，如何去遴选才能够成为"经典"的诗篇，不仅仅考验着教材编写者，同时也在考验着当代的批评家和学者们，因为如果不具备敏锐的文学判断力，是无法在浩瀚的现代诗中辨认出哪些才是真正可以传世的经典作品的。这就造成了有相当一部分教材编写者并不了解当代最好的诗人是谁、他们在写什么这样一个情状。

　　我举个例子，譬如诗人海子，他最脍炙人口的诗就是被编入了教材的那首《面朝大海，春暖花开》，而对于一个训练有素的诗人以及阅读过海子全部或者大部分作品的人来说，这不是他最好的诗，不是真正能够代表他的创作水平的诗。但为什么只有这样的诗才被选入教材呢？因为它容易懂。不仅仅是海子，还有一些诗歌被选进教材也是这样一个理由——教材编写者容易读懂。我非常理解现在有很多诗人自己开始编写类似诗歌教材的读物，他们大多是一线诗人，都正值创作的最好年纪，却愿意拿出时间和精力，为孩子们、为中国的诗歌做事情，去弥补我们当代教育中一个明显的诗歌教育的缺失。

　　读诗的人和不读诗的人有什么不同？要我说，那可就太不同了！诗歌培养人的想象力，诗歌还培养人独立思考的能力，想欺骗一个诗人是不太容易的。培根说："读史使人明智，读诗使人聪慧。"

育邦：在孩童时期，以学校教育为主体的综合教育体系，通过巨大的以升学为中心的流水线来摧毁孩子心中的诗。米沃什说："在学校，我们每天被灌输，直到我们的观念与我们同代人的观念没有分别，直到我们不敢怀疑某些原理，例如地球围绕着太阳转。"

蓝蓝：以升学为中心的教育体制，使多少父母成了焦虑症患者。更不要说"压力山大"的孩子们了。我们现在的家长从孩子生下来，就开始面临着几乎同样的问题——如何选一个优质幼儿园，选一个优质小学，考进一个重点初中和高中，然后考上北大清华、985、211、双一流才算一个胜利。2011年我曾经公开发表过给教育部的一封信，就应试教育提出了一些我自己的看法，这封信同时也发给了全国人大科教文卫委员会，尽管没有公开回复我，但在当时还是引起了很多媒体的关注并予以报道，半年后北京市教育局就出台了减少中小学作业量的文件，当时就有家长给我打电话，说"要替孩子们感谢你"。我不知道是否和我那封信有关系，但我愿意为孩子们做点事情。我看到过一个资料，在21世纪初，因为作业压力自杀的中小学生每年多达数千人，还有相当数量患上抑郁症的学生。我认识一位美术老师，他告诉我，有一年他和家人一起到马尔代夫的某地旅游，他看到当地人在海水浅滩上搭起棚子，一家人都住在棚子里。孩子们都在海水里嬉闹，在沙滩上玩耍。该吃饭的时候，人们就跳到海里捕鱼拿上来烤着吃，也去林子里采香蕉、椰子等果实。那里没有学校，孩子们自由自在地长大，不用上学，也不用找工作，大海和岛屿赐予他们足够的食物；也没有焦虑的家长和每天挤地铁上班的狼狈的员工。这位老师说，他的内心非常震动，他根本没想到地球上还有人可以过这样的生活，他完全想象不到的生活。他告诉我，我们应该反思，我们应该有怀疑那些我们认为不可能改变的生活模式的能力。这就是我认同你引用米沃什的那段话的原因——诗歌在某些时候会带领我们跨越认知的边界，去探索更多良好生活的可能。

育邦：在《诗的见证》中，作为诗人的米沃什阐释了童年对于诗人日后诗歌气质的决定性影响："他（诗人）童年的感知力有着伟大的持久性，他最初那些半孩子气的诗作已经包含他后来全部作品的某些特征。"

蓝蓝：他说得没错。我曾在一篇文章中写过：一个人的童年比一生还要长。我想，几乎人人都有这样的体验：童年的经历和经验会影响人的一生。它几乎是胎记一样的心理塑形机制。我们阅读很多作家和诗人的少作，就会发现，某些风格和特质会在成年以后持续保持和发展丰富。前不久我在浙江兰溪参加了一个全国性的中小学生诗歌大奖赛的评奖活动，我读到了一首很特别的诗，我记得大概内容是：

> 拿你现在的高兴
> 减去童年的快乐
> 看看还有剩没剩

这是一个小孩子写的。我惊讶于孩子的感受力如此独特，也充满了智慧。像这样的孩子，不管他以后是否继续写诗，是否成为诗人，都不影响他成为一个有想象力的人，用现在的网络语言来说——脑洞大开的人。

育邦：一名"未来诗人"的成长其实是极其艰难的抗争。这种对抗是剧烈而无声的。一方面，科学课（物理、化学、生物、数学等）以强大理性和逻辑力量消除了"恶魔和巫师"（在我们的语境里，也许是女鬼和狐仙……）的存在，消除与此相关的被认为是荒诞不经的想象和图景，原来一切储存在孩子内心的神秘力量和想象事物都被无可辩驳的事实所摧毁。这将是科学世界观的胜利，而对于未来诗人而言，无异于大厦倾圮，他的世界必须被隐匿，转移到不引人注目的拐角。另一方面，属于社会属性的广泛信息越来越多，越来越强大，这些"可靠的信息"将为孩子们将来"参与我们的文明"做好准备。在这样成长的过程中，未来的诗人奇异的想法总是被日益加强的权威声音所覆盖，直到怀疑消退。哲学家舍斯托夫总结了这种教育方式带来的最终结果："我们每个人都产生一种倾向，就是只有那些对我们整个生命来说似乎是虚假的东西才被当成真理来接受。"而诗歌需要的养分恰恰相反。诗歌对于一个人的成长是何其重要啊！

蓝蓝：诗歌表达感受。表达感受是很困难的，因为感受是极其微妙和丰富的，多属于"难以言传"的东西。所以，这种时候，诗歌往往会用一些特殊的表达乃至特殊的修辞方法来达成感受的呈现。比如，使用比喻。又如，更经典的修辞手法——使用隐喻，也就是用熟悉的经验来处理不熟悉的经验。那么，在这个过程中，诗人就要使形象与形象联系起来，事物与事物联系起来，而这一切是以世界和宇宙为一个整体作为背景的，也就是说，诗人是使万事万物建立起联系的那个人，是"无中生有"的那个人。诗歌的第二个任务是表达思想。诗歌表达思想并不像哲学家那样用论证用逻辑，也不像科学家那样用推理和公式计算，它依然是用感受性的描述来表达。我认为这同样是高度理性的创造。我个人以为，所谓科学的世界观，如果不包含对一切定论的怀疑，如果不包含对人类所有认知的疑问和突破探索，那么就称不上是科学的，因为所有的未知也都意味着可能性。好的诗歌和诗人并不是致力于人类的精神走进愈加迷茫的"神秘主义"，而是承认我们的无知，真正去探索世界的本源，去探索真理，使我们的思考更加明澈清晰。因此，诗歌对于一个人心灵的成长、精神世界的丰富，其重要性是不言而喻的。

育邦：在这种情形下，我们的"未来诗人"只能使用属于他自己的秘密武器来抵消这种方式带来的强大影响——他学会了涂鸦，在教科书的边缘，在他的学校笔记本上，他偷偷地涂画上几行幼稚的诗行（也许并不能称为诗）、一位女同学名字的首字母缩写……在这偷偷摸摸的肆意涂鸦中，他无意间消解了上述教育体系对他的禁锢，从而把他的童年保存在遥远的内心深处，把他的鬼怪储存在记忆的某个洞穴中。也许他会为此付出惨痛的代价。

蓝蓝：这些年我读过大量孩子们自己写的诗。我常常会被这些奇思妙想，有时甚至是叹为观止的诗句所折服。这常常使我心生暗喜，因为我知道，无论如何，这世界总会有一代一代的诗人出现，在各种类型的国度，在富裕和贫苦的地区，在不同的宗教、文化和民族中，总会有诗人诞生。诗人是大自然的一种现象，是人类的一个特殊种类。这个世界只要有使用语言的地方，就会有诗人出现，它标志着人类的某种精神高度，一种创造力的高度。对于他们来说，像所有热爱自由、追求真理的人一样，诗人也意味着一种生活方式，他深知为选择诗歌而要放弃什么，对此他从不后悔，因为与他的创造带来的快乐相比，没有什么可称作代价了。而我相信，那些在课本的空隙偷偷写下几行稚嫩诗句的孩子，他们的舌尖会因为尝到了语言的滋味而终生去寻找那种迷人的甜蜜。

育邦：诗人北岛认为，"让孩子天生的直觉与悟性，开启诗歌之门，越年轻越好"。所以，他着手主编了《给孩子的诗》，而您也花费大量的精力，写出了《给孩子的100堂诗歌课》，并获得了极好的社会反响。请您谈谈这方面的初衷。

蓝蓝：北岛和张祈主编的那本《给孩子的诗》，当时是出版方找我做特约编辑的，所以这本书从头到尾、从内容的编排到格式的删减确定，我都参与了。这本书里编选的诗基本上都是经典之作，也代表了编者的审美和价值观。这本选集的读者对象偏重于高中及大学生，包括很多热爱诗歌的青年读者。诗人王小妮、树才也编过童诗，其中也收入了孩子们写的诗。我自己编写的这本《给孩子们的100堂诗歌课》缘起是给我自己的女儿讲童话和诗歌，几年前我编写了一本《童话里的世界》，里面收入了我二十多年间收集的各种奇奇怪怪的童话，而且大都是一些你想不到的人写的童话，比如达·芬奇写的童话，又如某个哲学家或科学家写的童话，等等，当然也有大名鼎鼎的托尔斯泰、黑塞、卡尔维诺、高尔基等文学大师写的。这些童话来自犄角旮旯，很多作家都没有听说过。我给每一篇童话配写一篇解读文字，因为我选的童话不是那种只有表面意思的童话，我会选一些即便对有经验的读者也形成理解力挑战和考验的童话，这种解读文章我写起来也有一种悄悄的喜悦，一种发现的喜悦。这本书受到很多家长和孩子们的欢迎，上市不久就加印了。这本书如此被读者青睐让我很感动，同时也让我明白，我们需要为孩子们做一些我们的教育体系、我们的学校没有完成的文学教育。不仅仅是孩子们需要，我们的家长和语文老师也需要。所以，我就想再写一本解读诗歌的书，尤其是针对语文老师和中小学生，因为经常有语文老师对我说，他们不知道如何给学生讲解现代诗，那么，我愿意来做这件事情。后来有人找到我，希望录制讲童诗的音频，我趁这个机会，就系统地开始编写整理这本《给孩子们的100堂诗歌课》。不出我所料，这本书一上市，就有一些家长和从事教育的老师告诉我，他们很喜欢，孩子们也喜欢。我真的非常非常感谢大家的喜欢！

育邦：这些"被选中"的诗歌既有儿童诗通常呈现出来的生动形象，进入儿童世界的美和不羁的想象力；同时也是我们可以用恒定的诗歌美学标准去衡量的"好诗"。您是如何选定这些给孩子们的诗歌的？

蓝蓝：我选这些诗的一个重要标准就是，它不仅仅应该是好的童诗，也必须是好诗——能经得起杰出诗歌标准衡量的好诗，无论从内容还是文本技艺，都应该经得起检验。我的想法很简单，那就是给孩子的东西必须是最好的，这种"最好的"标准对成年读者来说同样成立。我们不能仅仅拿"读得懂"作为一个给孩子进行诗教的标准，而是也要让孩子知道什么是好的文学、什么是好诗的标准，培养他们的美学判断力，培养他们对诗歌的理解力和感受力。

育邦：我相信，在众多杰出的诗歌文本的激发下，孩子们会发现属于他们的诗歌。诗歌是挡不住的，未来诗人必然会写出他的诗作，必然地宣布"神圣的想象力的艺术"（威廉·布莱克语）的胜利，诗歌必然是孩子的胜利。成年人由来已久的程序训练必然走向失败，童年则永远鲜活地存在，对于这一点，米沃什深信，我也深信。

蓝蓝：你说得太对了！对此我也深信不疑。前面我说过，诗人是大自然的一种现象。大自然是充满活力的，是多元共生的世界，是自由和丰富的世界。诗人就是这样一个被世界找到从而表达它自身的歌喉。更宽泛地说，诗歌是孩子们的胜利，诗歌是想象力的胜利。因为进入想象力，就是进入文明。而人类的文明里从来都没有诗歌的缺席，从来都没有，这简直太好了。

我们这个时代还是需要"诗言志"

与谈人：李少君　诗人

【导语】法国诗人瓦雷里在20世纪早期就说过："我们有幸——或极大地不幸面临人类活动及生活本身的一切境况的一场深刻、迅猛、不可抗拒和全面的变革。"在当今中国，变革更甚。诗人们有幸面临这一"变革"，同时也是一个陌生的挑战。移动互联网、融媒体的兴起，也极大地改变了当代诗歌传统的途径。大众诗人与隐匿诗人的悖论会不会使一个真正诗人放弃自己的使命？学校诗歌教育缺失如何推进？"诗言志"就是传递人类精神、价值与文明的最好表达。嘉宾主持育邦对话诗人、《诗刊》主编李少君，对这些问题进行深入的探讨。

育邦：诗人是"未被承认的人类立法者"，甚至还是"世界的推动者和塑造者"。进入21世纪以来，诗人的身份开始发生明显的变化，从强力介入社会的"立法者"和"启蒙者"转变为面目模糊的自省者、自我实现者。诗人也成为物质诉求和精神诉求的"正常的人"，即从"神""时代骄子"走向"平民"，成为公民社会的一分子。诗人身份的转变，也即意味着诗歌写作生态也发生了巨大的变化，诗歌刊物、诗歌出版物、诗歌活动等也相应地做出了改变。

李少君：我最近写了一篇文章《"诗言志"新论》，大概的意思是，"诗缘情"是诗歌的一般规律，诗歌起源于情感感觉，这是诗的普遍规律，但是，诗歌应该有更高的一个要求或者说标准，那就是"诗言志"，要传递某种理想、价值和精神。我们这个时代，相对来说是比较平和的年代。在一个相对平和的年代，诗人平民化有它的道理，大家都在追求各自的生活，有各自的价值标准，价值标准呈现多元化、多样化，诗歌的平民化写作也成为一种趋势，但是，在一个人类出现困境的时代，就需要一种思想价值的引领，重提"诗言志"，既有时代的原因，更有个人的原因。我个人感到很多的困惑，我们这个时代可能是一个最需要诗的时代，因为诗歌担负着一个更高价值的引领——"诗为世界立法"。历史上那些伟大的诗人都是这样：屈原在乱世中用诗歌来表达他的理想追求，就是一种"诗言志"；苏东坡在遭遇困境时，他自我修炼成为一个典范，最终自我超越，融于更大的一个历史时间的人类循环之中。所以，我觉得我们这个时代，诗歌能发挥更大作用。虽然说在一个平和的时代，诗歌只是类似一种所谓诗意的装饰品，就像美术工艺品一样，但是我们这个时代，诗歌应该传递更高的价值，更高的标准，引领人类向前。从疫情开始之后，俄乌冲突，包括最近安倍被刺杀等一系列的事件，证明我们这个时代出现了一些问题，这就需要新的有引导性意义的诗歌出现，需要诗人挺身而出，引领人们走向一个更好更美更善的世界，同时也慰藉和解决人们的心理困惑。

育邦：由诗歌报刊、民刊、诗集、选本、移动互联网、电视等共同构成了整个诗歌传播体系。它们之间是一种怎样的关系呢？

李少君：是一种相互促进、相互补充和相互推动的关系吧。以我们诗刊社为例，一般首先从中国诗歌网发起诗歌征集，征集之后，从中选出优秀的作品，然后用微信号先推，经过这些选择后，比较好的作品会上纸刊，还会选入各种选本。《诗刊》发表之后，还会把一些优秀作品翻译成英文，下一步还有法文、马来西亚文等，进行国际推介。我们把这个叫作融合发展。有些诗歌刊物自己可能没有网络，可以跟其他机构进行合作，比如《诗选刊》跟中国作家网就有合作。

育邦：网络的出现和数字化时代的到来将使人类社会的发展进入信息高速公路，迎来人类信息传输方式的第三次大变革。自媒体时代的到来也大大地改变诗歌写作与传播的形态。4月23日是"世界读书日"，为拓宽诗歌传播渠道，为推动更多的人走进和阅读诗歌，《诗刊》用"中国诗歌网视频号"开通"诗直播"，这是一种有益的尝试，也是一种探索。

李少君："诗言志",那么要把这种"志"弘扬,一方面就是要真正确立一种价值观,另外一方面要想办法用新的媒体的方式,把这种声音传播出去,两方面都缺一不可。诗刊社已经建构了一个比较大的传播体系:第一,《诗刊》是世界上发行量最大的诗歌刊物;第二,我们有一个中国诗歌网,现在注册用户已经超过了40万人;第三,诗刊社的微信号和中国诗歌网的微信号订阅人数都已经超过了50万人,在国内文学期刊界绝对领先。我们是目前国内最大的诗歌或者说文学传播平台,包括我们的快手短视频,"快来读诗"矩阵播放量已超2亿,成为一个现象级的诗歌事件。另外,就是最近开通的视频号"诗直播",我们坚持每天直播,现在变成了一个诗歌课,很多诗人到时必看,一些学校还组织学生观看。新观念、新思想的推广,需要一种新的传播方式,就像五四新文化运动期间,没有现代报刊,就没有新诗革命和新文学革命。

　　我们最近做的"诗直播",其实就是在加大传播推介力度。先是中国诗歌网每天推出大量的诗歌,编辑投票选出一首每日好诗,然后在中国诗歌网推荐,邀请著名诗人、评论家点评,点评之后,诗直播再进行一个推广。最后,这些作品,会在《诗刊》上发表,这样一轮一轮推荐,使诗歌产生真正的影响力。这也是我们选拔青年诗人和基层诗人的一种好办法。

　　育邦：在今天,诗人面临着新的变革,无论是物质、社会层面上,还是精神、心灵层面上,瓦雷里在20世纪早期说过："我们有幸——或极大地不幸面临人类活动及生活本身的一切境况的一场深刻、迅猛、不可抗拒和全面的变革。"我想，在21世纪的中国，变革更甚。因而诗人面临着更丰富的题材资源，但是同时也是陌生的挑战。

李少君：我想现在需要的不是对题材资源的开拓，而是需要一种站在比较高的角度的感觉和思想的消化能力和统合能力。要有一个真正强大的心智，一种倾向性的价值观的主导，一种核心的思想理念来统合所有混杂多样的材料或者说题材。否则，如果你不断地向外跟随这个潮流那个潮流，你就会迷失在中间。因为现在的多元化、多样化，开始时还有着自由而丰富的特点，但不断地细分下去，已经到了某种极限，甚至可以说有点开始失控的状态。

从20世纪80年代以后就进入了一个个人化、碎片化的时代，现在则应该建立一些共识，要有社会共识才能稳定秩序，才能让人类的文明继续传承持续下去。如何建立新的人类的秩序，建构新的价值理念，诗人在这方面应该能发挥作用。因为诗歌发自心灵，直击人心，是一种本能的对时代和人心的感觉和直觉。

这两年以来，特别是最近这大半年来，不断出现新的热搜，取代前面的热搜，每天都在发生各种事情，让你产生各种情绪，脑子都乱了，朋友圈里很多人都是焦躁地控制不住地不停刷屏，每天追踪这个追踪那个，几个月乃至两三年就这么过去了。这样还怎么做事？这样怎么能够安心安身安魂？这个时候，反而觉得读诗是最好的办法，诗是能看进去的，为什么呢？因为，诗总是能揭示一些什么，或者说传递一些什么，因而提供一些心灵的安慰，感觉或真理性。还有看哲学书也可以看进去，哲学主要是从思想上，诗主要是从感受感觉方面，打开你，引领你，启迪你，能让你突然之间产生某种领悟，引发思考，从而得到释放，获得超越和提升，从而稳定内心。

我自己有深切体会，疫情防控期间被隔离在家，我就读书写作。前段写了一篇《中国的诗歌精神》，把中国的诗歌源头梳理了一下，其实我还另外写了一篇《西方的诗歌精神》，现在还没写完，我也全部梳理了一遍。在这个时候这个过程中，你再读这些东西，就能读出一些不一样的内容，艾略特的那个《荒原》，当年其实指的是西方文明在战后面临一种接近崩溃的状态，他试图重新建立秩序，这样也就可以理解艾略特为什么在西方现代诗歌中地位如此之高，而且越来越高，几乎是新的祖师爷的地位。这个很像中国历史上的韩愈、苏东坡这样的人，他们都是想恢复"道"、重建标准的，韩愈对儒家的中兴、苏东坡对儒道佛的融合实践，重建了新的美学秩序和思想秩序。艾略特也是如此，整个西方现代诗歌界，都在他的笼罩之下。

育邦：在当代诗歌传播中，我们也会发现传播错位情形的广泛出现。一些诗歌文本水准并不高，甚至是相当低级的，却获得了广泛传播，作者也成了"大众诗人"。而真正优秀诗歌与诗人则默默无闻，不为大众所知，成为我们这个时代"隐匿的诗人"。

李少君：关于"大众诗人"和"隐匿诗人"，我觉得这个其实不用太担心。对于诗人来说，应该主要是"诗言志"，坚持你的"道"，就像杜甫，在他的年代，当时儒家处于一个边缘位置,道教是唐代国教,所以杜甫经常被嘲笑为"酸儒""腐儒",甚至有时李白都拿他开玩笑,"借问别来太瘦生,总为从前作诗苦"。李白比较张扬,杜甫年轻时候也是很自负的,但后来变得包容,境界逐渐开阔。杜甫坚持他的理想,有一句诗最能表达杜甫的处世态度,"葵藿倾太阳,物性固难夺",葵藿就是现在说的向日葵,物性趋太阳光。杜甫认为自己坚守理想是一种物性,实难改变,尽管意识到"世人共卤莽,吾道属艰难",但仍然甘为"乾坤一腐儒",不改其志,仿佛"哀鸣思战斗,迥立向苍茫"的战马。虽然在唐代,杜甫的诗名并不彰显,但是他最后成了一个真正的儒家的美学代言人,成为中国诗歌的一个标杆、标高和标准。所以,我觉得没必要去考虑这个名声是否显著的问题,那些喧嚣的很快就过去了。杜甫当年夸李白"李侯有佳句,往往似阴铿",他自己也说自己"颇学阴何苦用心",这里的"阴何"指阴铿和何逊,可见当时这个阴铿有多火,但现在谁知道阴铿啊。大众流行是随风而逝的,泡沫是很容易刺破的,就像一个气球一样一下就爆掉了。

所以,我觉得作为一个诗人,就应该"诗言志",坚持更高的标准。如果停留在"诗缘情"这个阶段,你可能就只是一个大众化的诗人,难以成为一个杰出的伟大诗人。在西方也是一样。惠特曼就是"诗言志",讴歌新大陆的自由、民主和开放气象,希望以之取代保守腐朽的欧洲旧大陆,包括前面说的艾略特也是如此。

育邦:在诗歌教育方面,大部分青少年对于现代意义上的诗歌还是很难进入的，很多学校的老师对于现代诗歌的教学也无能为力。可以说，现在的诗歌教育状况似乎并不令人乐观。学校教育往往让孩子们离诗歌越来越远。米沃什说："在学校，我们每天被灌输，直到我们的观念与我们同代人的观念没有分别，直到我们不敢怀疑某些原理，例如地球围绕着太阳转。"诗人北岛、蓝蓝、树才等愿意为孩子们、为中国的诗歌做出自己的努力，或编写了《给孩子的诗》和《给孩子的100堂诗歌课》，或亲自为孩子们上课，以弥补我们当代教育中明显的诗歌教育的缺失。那么，诗人们、诗歌媒介又能为学校诗歌教育做哪些工作呢？

李少君：我也注意到这个现象，除了编选各种诗歌读本之外，我本人也编过《那些孩子们喜欢的诗歌》和《那些中学生喜欢的当代诗歌》，我和其他诗人有着共同的心愿，希望把自己喜欢的诗歌推荐给大家。编辑诗歌读本其实是试图确立一种新的美学标准。诗歌写作的多样化多元化状态，也有点杂乱，所以一些诗人，编一些读诗的教材，试图寻求更多更大的共识。

因为新媒体的出现，讲诗歌课的人也越来越多，树才为孩子们上过很长时间的诗歌课，程一身也出版了一本《读诗课》，还有的是用视频的形式讲解，包括中国诗歌网的"诗直播"，有些学校组织学生观看。我觉得这实际上是诗人传授诗歌之道的一种方式。中国古代就有"诗教"传统。诗教传统，我觉得可以分成三个层次来理解：第一个，就是基本的教育方式，人和动物的区别之一就是人会文字，诗歌代表人类文明的精髓，所以古今中外都把"诗教"作为最基本的教育方式。第二个，就是教化，诗歌修养体现一个人的教养。第三个，其实诗歌有宗教性质、精神性质，诗歌里含有人类最基本的核心价值观，"诗教"实质就是要传递一种根本的思想价值。西方的《荷马史诗》也是入门教材，在西方正典里常常排在第一位，起到启蒙及传递西方基本文明价值的作用。《诗经》在儒家经典里也排在第一位。

所以，我们诗人要把我们认为正确的追求真善美的这些思想观念传播出去，进行教育普及。有些诗人在有意识地自觉地做这样的工作，说明他意识到这个问题的重要性。程一身是个教授，他把他认为好的一些诗歌作为范本，传递给更多的学生。还有一些诗人，本身有一套自己的思想理念，他进行教学教育，影响很多人。还有一些正在写诗歌方面教材的。这个其实跟五四也差不多，五四当时实际上新文学的作品在社会上的影响力并不是特别大，但是后来进入了课堂、学校和教材，赵家璧主编《中国新文学大系》就是出于这样的考虑，相当于是选本或者说教材，这样，五四以来的现代新文学，才真正站稳脚跟。这是社会上层意识形态或者说话语权争夺的一个典型案例。我觉得"诗教"也是这样，我们既然认定我们这些诗是有价值的，符合我们的理想，是能够促进人类文明的，而且有的还是经过了社会检验的，那么我们就应该把它推广出去，弘扬我们的心中之"道"，这是我的一个看法。

与众不同的非虚构样本

与谈人：高星 诗人、专栏作家

【导语】最近，有一本叫《三仙汤》的非虚构作品引起众人瞩目，不禁让人想起马尔科姆·考利的《流放者归来》。《三仙汤》对北京的文化圈进行了全景式追踪，对其中的三位代表人物——张弛、狗子、阿坚的性格、思想、逸事、传奇做了精准剖析，他们是北京城甘于处于边缘的另类文化人。该书用细密的记忆与精到的文字，加之具有偷窥性质的自画像解构，最大限度地呈现了非虚构写作的丰富性与真实感，具有洞穿现实生活的巨大力量。西川认为："高星为我们的时代生活提供了与众不同的书写标本。他写出了另一些人，另一些灵魂，另一些生活方式、语言方式、思维方式。由于这'另一些'，我们的生活才显得立体和多样。"本期《读家对谈》，我们对话作者高星，与他聊一聊这本书、这三位大仙。

育邦：您的新书《三仙汤》一上市即迎来叫好声一片，让我想起上个月崔健在网络上开的演唱会，竟然有4000万人观看，似乎怀旧也成为我们时代的巨大主题。我们忙不迭地缅怀逝去的岁月，祭奠梦幻中才能出现的青春，光怪陆离，又不免令人唏嘘。

高星：是啊，崔健自己也没想到会创下这个纪录，甚至有点不相信。我们总是习惯说，时代在进步，时代在飞速发展。其实说到底是时代在变化，变化就是包括我们失去的。因此，怀旧就是因为缺，就像馋因为饿。当然，也有人说怀念80年代，是这代人倚老卖老。《三仙汤》如果说也是怀旧的话，那是现买现卖，因为，记述的就是身边的人，昨天的事。詹姆斯的《文化失忆：写在时间的边缘》，是通过"一场盛大对话的边角"，以此抵抗文化的失忆，重新建立精神的联结。他力图挽救一些被留存在遗忘边缘的名字，还有消失在晦暗断裂中的历史事件，以及更多的所谓不合时宜的事实。经过筛选、淬炼，重组为我们所知的历史。在讲到人文主义的召唤时，他说："然而，这个召唤越来越弱。艺术以及有关艺术的学术无所不在——这是不会灭绝的消费品，一个自封的精英阶层可以占有这些产品，同时自诩超越了物质主义，他们比历史上任何时候都要显赫夺目——但是人文主义却无处可觅。"其实，我没有为阿坚、张弛、狗子树碑立传的想法，更没有挽救文化失忆的使命。我主要是想实验一下，他们非典型性的人生到底可以牵动多少"局"外人的心？到底有多少模仿和复制的可能性？我们现在坐在一起，也不是有聊不完的话题，就像每天喝的酒，再怎么样也是喝大了为止。喜欢回忆和怀旧，是老了的标志。积攒多年的人生经验，成为我们这些人日常写作中大把大把的素材。我们懒得结交新朋友，就像厌倦创新的实验，哪怕是重复的日子。朋友说我记性好，能把往日的故事惟妙惟肖地叙述，还能再现那些细节。那天，在狗子家，尹丽川还夸我记忆力惊人，写的朋友好看。她当时也不知道我写了这么一本书。当然，也有人讽刺我只是热衷朋友的八卦。但我知道，要说记忆，我真比不上那哥儿仨。阿坚能说出早年阅读储备的一些边边角角的生僻知识，似乎他那不认真的劲，倒可以让他过目不忘；张弛随口就是大段古文名诗，真可以倒背如流，让那些伟大作品实践如雷贯耳；狗子可以记住朋友的生日星座，甚至某年某月某一天的谈话。

育邦：您对北京文化圈中的三位人物——阿坚、狗子、张弛进行全方位记述，构成京城各种人物关系的长卷画面。您写的是文艺圈的事，更精确地说是文艺老炮的真实行状，与冯小刚导演的《老炮儿》既有相似的时代烙印，又有迥然不同的意趣。

高星：其实，要按北京话"老炮儿"的严格意义，三个人里也就阿坚和"老炮儿"沾一点边，因为他比"老三届"岁数要小一点，虽然也算是大院的，但不是军队大院的。张弛是军队大院的，狗子是计委大院的，但他们年岁小多了，没赶上"老炮儿"的时代。关键是在气质上，他俩和北岛、芒克、崔健、王朔、姜文、阿城等也不一样。但他们三个身上确实有着一种北京人特有的市井文化。来自上海的戏剧家赵川给他们拍过一个纪录片——《天下就有不散的筵席》,还有也是来自上海的收藏家方叉、杭州的诗人方闲海、画家石磊非常迷恋他们,其实他们是对所在地域文化差异的敏感,甚至是对京城文化的一种致敬。

育邦:事实上,您书中的主人翁或多或少地被大家看作边缘人。套用一个文学概念,某种意义上,他们也是一种"多余人"的存在状态。赫尔岑在《往事与随想》曾把普希金笔下的叶甫盖尼·奥涅金、莱蒙托夫笔下的毕巧林、屠格涅夫笔下的罗亭、赫尔岑笔下的别尔托夫等都作为"多余人"对待。他们往往生活优渥,受过良好教育,有较高的文学艺术修养;他们有理想之剑,却不知挥向何处;他们反抗庸常的现实,但行动甚少。有人甚至认为,他们是"思想上的巨人,行动上的矮子",只能在愤世嫉俗中白白地浪费自己的才华。

高星:他们当然算是"边缘人""多余人",也可以说是像苏联诗人布罗茨基一样,被称为"社会寄生虫"。他们生活谈不上"优渥",后来都没有了工作,算不上穷困潦倒,也是混日子。因此,有人说"西局"是"苦逼局",但他们谁也没被饿死,甚至他们以此为荣,牛得不行。要说"受过良好教育",阿坚早年考不上北大,最后上的是大专改的首师大;张弛上的是北外,但是肄业;狗子从小是好学生,小学数学获过奖,中学是北京四中(北岛的校友),大学是北广,算是名牌大学。要说"修养",他们是不屑一顾的那种人,属于破罐破摔,消费"理想"与"思想"。正如你所说,"只能在愤世嫉俗中白白地浪费自己的才华"。

育邦：阿坚和陈嘉映的关系非常有意思：一方面陈嘉映是阿坚的思想领航者，一个精神导师；另一方面阿坚身上的人间烟火气也深深吸引了长于形而上思考的哲学家陈嘉映。也可以说，他们之间是"形而上"与"形而下"的相互镜像，是亦师亦友亦兄弟的关系。陈嘉映说阿坚是"和时代抬杠"，阿坚有没有说过陈嘉映是"和时代和解"呢？

高星：作为哲学家的陈嘉映在日常生活中，是一个非常"正常"的人。阿坚的批判力量和玩世不恭，在陈嘉映面前都不好使，倒是经常被陈嘉映嘲讽、奚落。他们本身就是"和时代和解"吧。

育邦：著名的啤酒主义者狗子老师很有趣，活得真实锐利。太宰治的"生而为人，我很抱歉"深中其下怀。他坦诚，绝不虚饰。虽然他大多数时光都消沉萎靡，在酒精中度过，但他却时时表达出对于伪善的睥睨、对于真理的诘问，我以为在他的身上，我们看到了一种几乎接近被磨灭的"魏晋风度"。

高星：张弛有一年打算拍个以狗子为主角的《竹林七贤》电影，但一直没弄到钱，落得"不成功便成仁"。狗子最近对我说，他是在大学时期开始喜欢太宰治的。太宰治软弱、自我暴露，但又充满战斗精神，这些东西深深打动了他。狗子说："太宰治就是把弱发展到极致，反而变成了一种极强。对于颓废来说，基本上就是弱，到最后就变成一摊烂泥了，瘫了；而太宰治，就是这种所谓文学上的颓废主义，他们实际上是退到最后，反而变成了一种特别刚强的东西，跟颓废主义字面正好相反，是一种充满战斗精神的东西。"在唐大年导演的纪录片《三味线——寻找太宰治》中，我看到狗子"我操""我操"的口头语，他在片中与太宰治隔空对话："我们就差喝上一杯了！"

育邦：您、阿坚、狗子、张弛，似乎不在"局"中，就在通往"局"的路上。这些大大小小、各式各样的"局"把你们的人生网罗在一起，有点像《水浒传》中的梁山英雄，大块吃肉、大碗喝酒、聚啸山林，但打家劫舍、杀人放火的任何事都没有干过。

高星：我编过两本《狗子的饭局》，张弛也出过《北京饭局》，成为北京饭局文化的一系列景观。以阿坚、张弛、狗子为首的西局，不管算是民间，还是另类，抑或是边缘，肯定都是自己人，注定要走到一起来，这是别无选择的结果。不管阿坚、张弛、狗子是一条心，还是各怀鬼胎争风吃醋，还是以狗子为基点的稳定三角形，肯定是同一命运共同体，哪怕这是北京最后的文化风景线。方叉最近在微信上说："不光 2020，这个世界已经充满了 business，硝烟弥漫。我从来不反对商业，但能不能给情怀留一丝立锥之地？我不喜欢这个世界，一点儿都不喜欢。"张弛总说："我们是文学完蛋的最后见证者。"他曾对我说："如果你不记录我们，就没有人记录了，就彻底丢失了。我们是北京文化的最后掘墓人，最后的文化英雄。"

育邦：您如何描述您与三位大仙之间的关系呢？他们眼中

的您又是怎样的形象呢？

高星：我和阿坚、张弛、狗子交往近30年，长期混在一起，被北岛称为"四人帮"。我是我们几个中唯一的体制内人员，行为要比他们谨慎得多；同时，作为挣工资的人，当然要经常请他们吃饭。我这种双重身份，保证了平日对他们的了如指掌，又保持着对他们的旁观者清。阿坚有一句著名的口头禅："朋友要相互折磨"；狗子也是"狗嘴里吐不出象牙"；张弛更是"得理不饶人"。因此，他们平日里对我的批判和讽刺要多于赞美，我早已习惯，俗话说"褒贬是买主"。

育邦：阿坚、狗子、张弛，这三位大仙，在时代洪流中，也许并不是"成功者"，当然也有人把他们看作"失败者"。我认为他们既是时代潮流的引领者，也是贝克特所说的"反道行驶者"。他们是时代的"顽石"，在水流的冲洗下，散发出人性里最为本真的光芒。

高星：在本书中，我不可能做到百分之百的真实和准确。尽管我是当事人和见证者，尽管我做到了客观公正，尽管他们活得真实，尽管他们平日日记体的写作文本保证了我的非虚构需求，尽管他们可以做到让我口无遮拦，但我还是有些选择，有些力不从心。毕竟，我要面对他们三个人，面对周遭的这些朋友（特别是女朋友），面对更多的读者，面对市场和社会。同时，我对阿坚、张弛、狗子他们人生的评价，也不可能十全十美，也做不到滴水不漏。有些只言片语，有些轻描淡写，有些蛛丝马迹，有些点到为止。挑剔与委屈，暴露和遮蔽永远并行，可靠的证据永远在路上。但基本上,我保持不加主观臆断,只用事实旁敲侧击。说到底,阿坚、张弛、狗子的结局,肯定是一种悲剧性的。英雄难过美人关,如同英雄难过时代关,太阳正在落山。所以张弛才爱说他们是"文学完蛋的最后见证者",这不是自身的夸大,而是多少有点凄惨的自慰。

诸山夜鸣，隐隐如雷
——关于黄孝阳诗歌的对话

与谈人：黄　梵　诗人、小说家
　　　　傅元峰　诗人、评论家
　　　　何同彬　评论家

一、异质的诗歌美学：云层是一张恍若隔世的唱片

育邦：2020年12月27日，我们的朋友黄孝阳永远地离开这个他认为"人间值得"的世界。黄孝阳作为一名具有独特精神气质和创造意识的小说家已多多少少为世人所识，但他作为优秀诗人的面影则是模糊的，甚至不为众人所知的。黄孝阳生前只公开发表过少量诗歌，但他却留下了大量的优秀诗作。今天，我们再来读他的诗歌，不免唏嘘感伤。先请大家谈一谈对黄孝阳诗歌的阅读感受，包括其主要特点等。

黄梵：第一次读孝阳诗作是在三四年前，他用微信发给我，我读罢非常惊诧，没想到一个小说家也能把诗歌语言操持到这般境地。一般来说，小说家，哪怕是国内的顶级小说家，只要一写新诗就露馅，暴露出对新诗语感的陌生，对现代诗意理解的隔膜。但孝阳是个例外，我当时就十分肯定他的诗作，认定他能成为一位好诗人。他诗作成熟的那一部分，让我意识到他可能习诗已久，与他的小说一直共生，只是他慑于诗歌的语言威名，自卑的天性（他的自傲只是自卑的镜像而已），令他从不敢以诗人自居。这样就可以理解，他作为先锋小说家，那么庞杂多样的语言探索的来源，也可以理解他为何特别关注现代性，这恰恰是九十年来的中国小说家，出于种种原因，已经放弃关心的问题，毕竟新诗与现代性结成的婚姻，已牢不可破。我认为新诗写作，给了他的小说最抓人的那部分品质和气度，必须读他的诗，才能更好地理解他的小说。我这几天是第一次系统读他的诗，发现他有些诗，已写到了完美。比如《云层》就令我拍案叫绝，"咽喉"尤其是"咽喉炎"，居然能与单相思巧妙对应与吻合，与夏宇发现可以用"拔牙"写分手之痛，有异曲同工之妙。这首诗还写道："云层是一张恍若隔世的唱片。"孝阳天生有狂放的想象力，我读他诗作的整体感觉是，一旦他的想象能在生活中平稳着陆，落地，那就是好诗诞生的时刻，像《云层》《玫瑰》《星光》等，就是用想象和思辨发现，再神奇的意象也可以居于日常景观之中。这样他的诗就是经验的，他甚至把科学和哲学概念，完全当作经验对象来处理。

傅元峰：孝阳是一个言语滔滔的人，他的话很多，有点缠绕，但是不啰唆。一直想该找个时间好好读读他的作品。他的这些诗，大多都没能在他生前阅读，这太遗憾了。读一位骤然去世的朋友的作品，会失去客观性。现在读孝阳的诗，像是在读遗言，无法分离他的死。比如，他的《那时》中写道："活着的人啊。这一天永不会到来。/ 我和她的故事早已埋藏在2047年的那个夏天。"孝阳描述一个世界并否决和擦除它。尤其是他的擦除，让人意识到他对世界的实质的认知，是纯粹的语言认知。在语言之外，没有存在，甚至也没有有效的行动。孝阳不乏县城青年的投机思维，用以应对生计，但作为作家，他一直在"想"中活着。他的想法太多，太奇妙了，也十分勤奋。在发呆时，人们也胡思乱想，但大多不会像他那样记录下来。他的语言并不精致，铺排、纠缠，但都附着于他的想的维度。有独立的语法，形象很好。如今孝阳不在人世了，这种丧失了分别心的超然而繁复的所想，很多就因为主人的离去而变成了遗言和警世的谶语。孝阳所想十分涣散，他的逻辑混沌不明，但就他写下的诗来看，它们又都万有归一地回归于一个面目模糊的女子的形象——这个女子是一个虚拟的诉告对象。在现世，孝阳几乎没有什么经营爱情的能力，除非有人非常爱他，但这个人很有可能只能给他造成爱的错觉。这是一种有宿命感的悲剧。孝阳身边汇聚了各色男女，经常一起打牌，吃吃喝喝，但他实际上非常孤立。他携带着他孤悬一线的想，独自走了很久。我们这些人，都不是他的呼告对象。他作品的受话端，全部是他虚拟的。

何同彬：我曾经说过，"严肃而恰当地谈论黄孝阳及其作品，是艰难的"。小说、诗歌、散文、评论……只要愿意，孝阳可以写"好"任何一种文体。这是一种罕见的、可怕的能力，背后是孝阳得天独厚的写作天赋，以及这种天赋导致的强悍又失去控制的力量。而在这所有的文体中，孝阳虽然在具体的文学实践和苦心经营的文学形象中专注于小说/小说家，但他内心最激烈的审美渴求或者内在的美学人格是诗歌/诗人。或者更加坦率地说（我私底下跟他讲过，他不是很同意），孝阳更"应该"成为一个诗人，而不是小说家。孝阳的小说中有浓烈的"诗性"，有着一条醒目地努力成为一个诗人而不得的"失败的"轨迹；而他的诗歌创作显而易见地具有了某种代偿性，充盈着他在小说创作中无法安顿的激情和幻想。所以我从来不独立地对待孝阳的诗歌，始终认为应该在他的写作整体中、在某种写作学的意义上理解他写作诗歌这一行为。"写作是一个生成事件，永远没有结束，永远正在进行中，超越任何可能经历或已经经历的内容。这是一个行程，也就是说，一个穿越未来与过去的生命片段。"（德勒兹）在他的诗歌创作构成的"生命片段"中，"写作"以一种不断生成风暴又不断留下废墟的形式，构成了某种独特的"事件性"，如何思考其中的自我戏剧化、巨大的饥饿感、包罗万象的吞噬性以及写作策略背后的深层"语法"，其实是比简单地分析他的诗歌文本更有价值的事。

育邦：孝阳的诗歌是炽热的，是燃烧的星辰；他的诗歌是忧伤的，是夜幕下低吟的夜莺。孝阳的诗歌有恣肆汪洋的自由联想，充满了知识的废墟和未来世界的脑洞；也有爱与悲悯，一颗孤寂灵魂的深情叩问；更有生命勃发的激情，对于语言充盈着"拜物教"般情感的疯狂崇拜。譬如《云层》，这是一首关于爱（毋宁说是一种单相思）的杰作。无论从修辞探险与情感控制的层面，还是从准确表达与诗意呈现的层面，此诗均臻于完美。从"咽喉"到"咽喉炎"的巧妙延宕，通过词语想象力的扩张，凸显了孝阳异质的诗歌美学。从生活场景到精神领域，"你"覆盖了"我"，并成为不可触及的"云层"，而"我"只能把"云层"视作生命的"唱片"，"翻来覆去地听"，凄绝哀婉，动人心魄。我从孝阳的诗歌中看到他笑眯眯地走出来，化作一棵绿色的树，从水浪深处站起来，"沿着河边通往彼岸"。他与尘世的争辩或和解已无关紧要，佛系的微笑已化为烟霞，他那植物性的沉默夙愿终于得以实现。

二、诗歌"分身术"：我来到人马合一的瞬间

育邦：诗歌与其作者有着天然而幽深的联系。诗歌里包含着诗人的生活，菲利浦·拉金在一首诗的结尾处这样写道："在我们即将消亡的那个薄暮时光，/ 仅仅掌握那盲目的印记难以令人满意，/ 因为它仅仅一次性地适用于一个人，而且这人已经奄奄一息。"每一首诗，就是每一个曾经凝滞的时刻，就是每一次我们凝思握笔的时刻，"它仅仅一次性地适用于一个人"。一首诗，就是一个形象，一个场景，一种图形或线条，是我们生命中某一刻必然需要的符箓……我们相信，我们在写诗的那一刻，我

们所写的、所言的都是最后的诗,都是我们生命中意味着终结的诗。但是现在,在生命的最后一刻,我们明白那仅仅都是一次性的符箓,只能是为那逝去的时刻担保,为那些成为影子的时刻做证。诗歌给我们的生命留下暧昧的印迹,但有时候又非常清晰而醒目。我想,孝阳的诗歌里同样也展现了这种密切的联系,这是他与世界的一个最为重要的连接点。通过诗歌,孝阳又如何彰显他独特的"分身术"的呢?

傅元峰:孝阳在一个更大的时空体中描绘了当世。在很多人尝试拉伸并积压生活,让它扁平化为历史和道德的时候,他瞬时化了他的经验,让现世成为一个真正的立方。我承认孝阳是一个诗人,是因为他处理写作与生活关系的方式比较特殊。他是缺乏界限感的,认为人际关系中存在一种自由转让:"把我给他。/把他给蝴蝶吧。"(《偶尔》)对比其他当代作家,孝阳是被基于物理的玄思解放了的一个,拥有更多的时间和空间上的自由。他的思维体操形象化了很多哲学世界的东西。这样,现实反倒被他遗弃了。你很难想象,他在《鼻息》中和一位陌生老妇人之间发生的那些交换。他是爱的实现,是以抹除边界为前提的。在一首叫《许小姐》的诗中,他借爱情的否定式描绘的那个依存于情感条件的个体,非常动人。爱情在孝阳那里是一种十足的偶然,他的献身方式是承认这种偶然,并依然存在于这种偶然。在现实生活中,有谁不妄想坚固的情感基础和并不存在的肉身永恒呢?黄孝阳对此在的旁叙能力很强大:"活着的人啊,你们知道我是什么了吧。/我如今喜欢的/已经与'我'毫无关系——/'我',一个伤感的回忆与片断／或者说不太愉快的事实。"(《如今》)这节诗句可以说明孝阳的在世状态,就是他一直"不在",所以,他喜欢用"活着的人"说话。他的分身术导致他获取了立足点。他的死亡,如今成为另一种分身术——他的在,他的"活着"也将逐渐被证实。

黄梵：欧文·斯通用整本传记揭示凡·高渴望生活,孝阳几乎用全部诗篇揭示自己多么渴望爱,渴望的深度映照出他孤独的深度。这本诗集我读了两遍,每读一遍都忍不住落泪,后来实在不敢再读。我们在设想他的生活时,诗歌揭示的精神境遇不可忽视。他的诗歌里总是回响着祈祷的声音,诗中最令他诚服的两个字是"你"和"主",这两个字在诗中扮演着"主格""主人",他自己扮演着"宾格""侍从",揭示了"爱""信仰"与他的关系。诗中的"你"有时可以是具体的人,更多时候却是"爱"的理想化身,这理想中藏着他的全部挫败,或者说他的无数挫败,反倒强化了他对女性的颂扬,如"你的喉咙里有一个灿烂的国度""能够爱你,即拥有了明亮的眼睛""你是我最好的光阴"等。诗中对爱的神化,有时也令他鼓起稍纵即逝的自信,"她肤若凝脂,我英俊潇洒",他靠这理想之爱来撑腰,抵挡深不可测的孤独,但有时仍会崩溃,"酒洗干净了肠胃,还有独自的爱情"。所以,他常把自己视为"主"统辖世界的见证者,同时又为不明其意而痛苦,毕竟生活的重压,常让他面临自我的丧失,这对诗人是不可饶恕的,"主啊,要经历多少延绵不绝的痛苦……／才能触摸到／你的晴朗阔大""主啊,你知道／我为什么要这样寂寞地生活"。

育邦：我在孝阳的诗歌中发现这样一首诗，《深夜》："深夜，是读诗／的时候。一匹马／在脑子里，跑。／汉字，犹如马蹄下的草。／我是多么／热爱这时刻！……当书页上满是：呼吸，难以觉察的指痕。／我来到人马合一的瞬间。"我能想象得到孝阳在深夜奋笔疾书的形象，我看到他在急速燃烧，像彗星一样，燃烧自己，让我们看到耀眼的光芒。这又多么令人伤怀啊！然而，他对自己"燃烧"的宿命也作出极端虚无的描述，他在《燃烧》一诗的结尾写道："亲爱的，当我的一切努力／以及关于我的一切（包括你），／化作乌有，／火还在这里燃烧。"这种"分身术"的应用，最终使他更为炽烈，对于"人马合一的瞬间"到来，他抱有强烈的渴望。甚至，他抵达了这样神秘的写作时刻。

何同彬：育邦兄所说的孝阳的极速燃烧的、令人伤怀的形象，元峰师兄所说的孝阳的"分身术"，以及黄梵兄所指出的孝阳诗歌中对爱的渴望和借此形成的孤独的深度，这三者其实是密切关联的。世俗之爱、家庭之爱、异性之爱的匮乏，在经营凡庸又温暖的日常生活以及营构节制、乏味但安全的生活方式等方面的无能，这一切的合力，压迫、锤炼出孝阳写作姿态和文本气质的显豁的"分身术"，所以他的诗意的分身术本身其实有很大的被动性。他在日常生活中应该开口说出的"爱"，应该为获取人之爱、生活之爱所付出的努力，全部转移给了诗歌和文字。这是一种幻想型的代偿机制。我在评论他的小说的时候引用过罗兰·巴特所说的"写作的幻想式"(fantasmes):"此词具有欲望的力量,即相当于所谓的'性幻想式'的用法。一个性幻想式=包含一个主体(我)和一个典型客体(身体的一个部分,一次活动,一个情境),二者的联合产生一种快乐→写作幻想式=产生着一个'文学对象'的我;即写作此对象(在此,幻想式通常抹削了种种困难和性无能),或者几乎终止写作此对象的我。"写作的幻想式就是孝阳伪装的"快乐"、他的令人伤怀的"极速燃烧",这快乐和燃烧中到处都是他的渴望、孤独和疼痛,或者是他在诗歌中所说的"我"的"不太愉快的事实":"我如今喜欢的/已经与'我'毫无关系——/'我',一个伤感的回忆与片断/或者说不太愉快的事实。"(《如今》)从这个层面上讲,孝阳的写作的幻想式是小说还是诗歌并不重要,关键在于他"此时"选择了何种代码。记得一年多前,在热闹的牌局现场,他看着周围的人群,看着朋友们出双入对的世俗幸福,无比凄怆地对我说:"给我你们这样的生活,老婆孩子热炕头,柴米油盐酱醋茶,我愿意放弃写作。"这种固然并不可信的"假定性",的确无比真切地表达了孝阳无奈的"分身术"和"写作幻想式"。

三、文体的界限:我的身体里有一条龙

育邦:在孝阳的文学版图中,小说显然占据了一个极其醒目的核心位置。如今,我们来阅读他的诗歌,就自然涉及他的诗歌创作与其整体的文学生涯的关系。在他的世界里,诗歌与小说到底有着怎样的分野与纠缠呢?换言之,在孝阳那里,文体真的

存在某种界限吗?

傅元峰：真正的诗人（真正的作家必须是一位诗人）是没有文体界限的，这是一个前提。所有有文体界限的作家，都还没有建立自己的表达式，还必须依存于语言范式。我觉得《人间值得》《人间世》《众生：迷宫》《旅人书》等作品基本显示出黄孝阳对文体界限的突破。《旅人书》的出版吸引了我对孝阳的注意，因为这部书强烈传达出卡尔维诺借《看不见的城市》传达出的文体僭越冲动。但是，当代文学批评界的审美眼光十分老旧，对黄孝阳在若干作品中体现出的美学信号反应十分迟滞。他们至今仍停留在18世纪以前的文体思维中不能自拔，不懂得在故事之外的戏剧性。黄孝阳从不迷信界限与规则，他在想象的王国自力更生，实现令人赞叹的自由飞升。黄孝阳在文体间隙找到的财宝，很多批评者看不到。他们现在还沉迷在对故事的新闻视角和历史视角的追踪中，孝阳的作品中缺少故事情节和历史学的注意力，他对故事的戏剧性和其历史隐喻效能并不感兴趣——这种观念十分超前。孝阳的作品序列与现代文学的经典指认体系之间存在很多建议的关系。很多当代作家死于传说和新闻，死于历史学。孝阳死于心跳骤停。孝阳的知名度不低，但他不是当代文学"名流"，他的文学值得美学意义上的尊重。

黄梵：孝阳还有一些诗有打结的现象，如"在剧烈的疼痛所掀起的粒子风暴中，/你来到视界边缘"(《疼痛》)，"与你有了交流。/美与丑是这种交流的反馈""我们说光有波粒二象性。/人也有这种奇异的双重性"(《几句话（口语）》)等等。我把这样的诗句视为尚未化开的语言瘀块或结节，它们来自孝阳想要让诗更快地接近科学和哲学，他并不在乎彼此的融洽度。这里涉及中国人对于科学或哲学的惯常误解，以为科学和哲学是对真理的揭示，并不知它们只是对人类经验的人为分类。但我认为孝阳是懂的，正因为他能用经验之眼看待科学或哲学，他就有勇气把一些科学或哲学的概念，与诗人的体验搅拌，提供他眼里的跨界意象，哪怕水土不服。当他能把一切文化、文学体裁，都视为经验的共同体时，他的认识倒更接近真实：世界是彼此关联的整体。用他的话来说就是："书是对世界完整性的保存。"(《几句话（口语）》) 这样就容易理解他的那些越界冲动。比如，小说的诗性，散文与小说的混淆，诗中说理与说事的那些"陌生"创举，同时还可以说他蔑视自己的单一身份，既愿意成为理论家，比如小说量子理论的发明人，又愿意追随诗人、小说家、散文家、出版家等身份，只是所有这些越界的蛮力，都没能让他僭越生活给他划定的家之界限、孤独之界限，这才是悲剧所在，他被最最日常的经验束缚住了。这与他日常的感性交往方式十分吻合，作为内心有着酒神蛮力的作家，却无法用日神的秩序去整理生活，这种挫折感只会加强他在文学中的越界倾向，我认为，那是力比多必然要找到的一个出口。

育邦：孝阳一直认为他的身体里有一条龙，他在诗中写道："我到了四十岁后，/才渐渐感受到什么是真正的痛苦。/我说我的身体里有龙，/便是这痛苦。"他的精神与肉体都有被那条强烈表达的"文学之龙"撕裂甚至摧毁的痛苦。甚至这条龙左右了他的日常生活、他的精神世界、他的想象疆域。这是他不可更改的文学宿命，也是他命运的神秘谶语。为此，他感到困惑与绝望、愉悦与亢奋。在他的世界里，这条龙同样也是缪斯的化身，它为他写下每一个字、每一行诗，它盘踞在书籍的每一页。一方面，"龙"在东方人的眼中是"神龙见首不见尾"，是"龙行天下"的强力存在，是"大道无形"的践行者，是充满神秘力量的创世者，这是孝阳的文学图腾。他身体里藏着一条龙，也寓言着他拥有通过写作赋予世间万物以生命的魔力。他希望自己的文学（特别是小说）在当代文学界如"飞龙在天"，具有一种超拔的王者气概。另一方面，"龙"在西方文化视野里又具有狂躁不安、恶作剧、强烈的破坏秩序的欲望，我想，这一特征也交织在孝阳的写作生涯之中，他把自己的创造和热情都给予了一种对原有秩序的破坏过程，并通过提出"量子文学观"来统摄与构建自己的文学冒险。

何同彬：孝阳必须时刻告诉自己和别人：我的身体里有一条龙，我的写作和燃烧就是这条龙腾飞并毁灭的行迹。这是他的"文学宿命"，是他用无数夜晚的快乐培育出的"痛苦"，而这宿命以及关乎他"命运的神秘谶语"，其实更事关我们对于当代文学处境和作家主体认知的理解。我们必须把他的诗歌写作放到他创作的整体视野中去，然后就会意识到，他写作的最重要的意义是其"反面"，也即他的写作的强大意志和卓越禀赋彰显的巨大体量和能量、对于各种边界的逾越、向哲学和宗教等更高视点的极限倾斜……这所有的"正面"汇集出近二十年汉语文学的某种重要的集体性症候，醒目地在诸多或清晰或含糊的核心地带标识出文学的"无能为力"。孝阳以其"谵妄"、以其"燃烧"试图达成一种"创造"和"健康"(德勒兹所说的"文学的最终目标":"在谵妄中引出对健康的创建或民族的创造,也就是说,一种生命的可能性。"),但显然他"失败"了,他无意中与布朗肖达成了如下的共识:文学的本质目的是让人失望。孝阳走了,但是这"失望"还在延续,而且是以孝阳最"厌倦"和"不屑"的方式延续,这是孝阳最"深刻的不幸":

> 这个世界不是应有尽有,
> 总有些事物是在它的边界之外,
> 比如最大的数字,比如你。
>
> 我想象你的脸容,比如玻尔兹曼大脑
> 比如飞走之禽。每想出一种,
> 即提笔绘于灿烂夜穹。
>
> 我已绘出恒河沙数,
> 但离你还隔着一个最大的数。
>
> 亲爱的,我是如此想念着你,
> 体内都有了数万亿颗星球。
>
> 诸山夜鸣,隐隐如雷。
>
> ——(《独坐》节选)

塞驴嘶

扬州三叠

鉴真的眼泪

日本天平宝字七年（公元763年），春。

唐招提寺里的樱花如期绚烂开放，随即又迎来了一年一度的缤纷凋零。

鉴真大和尚走过樱花树下，轻轻地踩在洁白的花瓣上，像是从辽远纯洁的世界里走出来的一名孩童——浑厚自在，恬静澹然。而此时，扬州的琼花也开始静悄悄地开放，它风姿淡雅、余韵缭绕，怒放之时则花大如盘，洁白如玉。

就在这个美好的季节，忍基法师做了一个噩梦，梦见栋梁摧折、大殿倾圮。惊醒后，他惊慌失措地跑到他的师父——鉴真大和尚的寮房内：师父端坐，一切安好。忍基法师随即与思托法师商量，征兆明显，师父也许去日无多了，就要离我们而去了。

他们紧急为大和尚画像，又找来跟随他们一起来日本奈良的扬州漆器大师，请他用传统的扬州工艺——干漆夹苎法为鉴真大和尚塑一尊与真身等大的坐像。

在接下来的时间里，鉴真大和尚常常结跏趺坐，配合他们的塑像工作。每当夜晚降临，大和尚往往面西打坐，一阵清风吹过，也许带来的是正是扬州泥土的气息。大和尚想起故乡扬州的明月——"天下三分明月夜，二分无赖是扬州"，那月光照在蜿蜒流淌的大运河上，照在开阔奔涌的扬子江面。他不由得念出他的乡党张若虚所写下的名句——"人生代代无穷已，江月年年望相似。不知江月待何人，但见长江送流水。"他看到了晶莹剔透的琼花在扬州城里次第开放，洋溢着蓬勃的生命力。他听到了大明寺的晨钟暮鼓，清澈悠远；他闻到从江淮平原吹到蜀冈上的清风，夹杂丰收怡人的稻香。此时，月满天心，从他干涸失明的双眼中流出了宛若溪流的泪水。那是一个独特的时刻，美好世界的另一面正悄然向大和尚展示，那是一个人袒露自性的天赋之夜，那是一位佛教徒观自在的生命顿悟时刻。失明之后，他极少流泪，宏阔的世界图景只能在他内心展开；他无惧无畏，佛陀的教诲早已深深地根植在他的心田。世界虽已暗淡，但和尚的内心却一片澄澈。晚年失明的博尔赫斯说："我真想倚在黑暗上，溶进这黑暗。"我想，大和尚面对黑暗的世界也作如是思。

5月6日，大和尚预知了自己的临终时刻，他看到死亡正向他缓步走来，他便"结跏趺坐"，"面西而化"。西，正是他故乡扬州的方向。正如佛经上言，临终端坐，如入禅定。大和尚进入了生命"圆满寂灭"的状态，他进入了绝对的寂静，进入不生不灭中去。圆寂之后，和尚的头部仍然温暖，因而久久不能下葬，时人谓真菩萨也。

1688年4月,诗人松尾芭蕉在参拜奈良唐招提寺中的鉴真和尚雕像时,似乎敏感地看到鉴真和尚的泪水,他深情地吟咏:"新绿滴翠,何当拂拭尊师泪!"

井上靖是写中国题材最多的一位日本作家,他以鉴真东渡为主题写了名为《天平之甍》的长篇小说。天平之甍,是日本人对鉴真大和尚的尊称,意为"天平时代文化的屋脊"。由于鉴真大和尚以一颗大慈悲心把盛唐时的文化全面无保留地介绍给日本,对于日本的佛学、建筑、雕塑、书法、工艺及医药学都做出了巨大的贡献,日本人因此也尊称鉴真大和尚为"过海大师"。

川端康成和东山魁夷是我最为喜欢的两位日本作家,他们的文字充满了空灵悠远的生命体悟和文化情怀,包含了最为朴素最为本质的人性之美、自然之美。从川端康成的《我在美丽的日本》——尽管此文并未提及鉴真和尚——和东山魁夷的《通往唐招提寺之路》中,我能看到鉴真大和尚的身影,看到他既模糊暧昧又清晰可见的精神面目。

佛法云,大雄无畏,勇猛精进。对于鉴真大和尚的东渡,只能用此来描述了。东山魁夷先生以为他已超越了生与死。他在《通往唐招提寺之路》中动情地写道:"在前往唐招提寺的遥远旅程中,和尚获得了真实的生。而且,那也是一种不灭的生。和尚超越自己个人的生死,为日本的文化带来了诸多果实,营造了唐招提寺这座千古辉煌的寺院,至今仍如同他健在时一般安静地端坐在这里,无言地继续教诲着芸芸众生。"

鉴真大和尚六次航海之旅艰苦绝卓,实难用语言描述。人们都倾向于认为和尚有超凡脱俗的坚强意志，而我以为大和尚一定是由于受到佛陀在冥冥之中的指引，所有的磨难均成为他跨越个人局限的见证。他甚至清楚地知道作为一个凡人在意志上有种种局限，对于生与死的踟蹰，对于万千烦恼的惊惧，正是如此，他"将自己的命运托付给更为博大、辽阔的对象"。

我走进鉴真纪念堂，轻轻走近鉴真大和尚的坐像。这是一尊仿制品，仿制的是日本国宝唐招提寺的"鉴真和尚坐像"，由于所用的制作工艺还是干漆夹苎法，还是和尚故乡扬州的工匠，所以我们一样能一睹鉴真大和尚的风采。和尚双目紧闭，神态安详，脸庞静默，嘴浮微笑，形仪端穆而又静谧大美。

我仔细端详和尚的眼角，看他紧闭的双眼之下是否有泪痕。

文章太守扬州慢

步入大明寺大雄宝殿西侧的"仙人旧馆"内，就走进了平山堂。

从滁州的醉翁亭到扬州的平山堂，欧阳修真正在乎的是山水。正谓"醉翁之意不在酒，在乎山水之间也。山水之乐，得之心而寓之酒也"。及至宋朝，中国的文人文化发展到极致，而在这些著名的文人中，欧阳修和他的弟子苏东坡无疑是可资深入研究的标本。

他的文字从容宽厚、真率自然，他的生活流连山水、醉月鸣琴，胸怀天下又彰显自我，真是羡煞我辈！后辈文人墨客追慕其风流雅韵者，不可胜数。

文章太守欧阳修在宋仁宗庆历八年(1048年),由小郡滁州迁任大郡扬州。在此前三年,他在滁州为政,仁而体恤,宽而不扰,政暇之余则纵情山水。并写下了《醉翁亭记》与《丰乐亭记》这样光芒四射、泽荫后世的美妙文章。

在蜀冈中峰,大明寺西侧,文忠公看中了这块风水宝地,激赏这里的清幽古朴,于此筑堂。坐此堂前,凭栏远眺,"江南诸山,拱揖槛前,若可攀跻",含青吐翠,飞扑于眉睫似与堂平,"平山堂"之名即寓于此。他在给他好朋友韩琦的信中无不自豪地说:"独平山堂,占胜蜀冈,江南诸山,一目千里。"堂有徐仁山联"衔远山,吞长江,其西南诸峰,林壑尤美;送夕阳,迎素月,当春夏之交,草木际天",尽得平山堂观景之妙,颇值得玩味一番。

闲来登临,极目远眺。你不禁会想起欧阳文忠公的《踏莎行》,"离愁渐远渐无穷,迢迢不断如春水","平芜尽处是春山,行人更在春山外",春山春水,本是春意盎然,不想充满了离愁别绪。等及秋意渐浓,"其意萧条,山川寂寥",登临平山堂,定又是一番景象。

平山堂建成后,欧阳修恨不得日日得闲,登临燕游。在此之前他写下的诗句"我欲四时携酒去,莫叫一日不花开"(《谢判官幽谷种花》)倒是能反映他对平山堂的钟爱之情。

击鼓传花是古即有之的一种酒令,杜牧在《羊栏浦夜陪宴会》中有诗云"球来香袖依稀暖,酒凸觥心泛滟光",可以得知唐代酒宴上击鼓传花助兴的情景。遥想在九个世纪以前的一个夜晚,在平山堂,欧阳修正与一干亲朋好友玩此游戏。是时,月朗星稀，清风徐来，大家先是品茗清谈、对琴待月，然后开始玩击鼓传花的游戏。荷花不停地在朋友们手上传递，到"摘叶尽处"则遭遇美丽的"惩罚"——现场作诗一首或饮酒一盏。朋友们往往一一尽兴，个个微醺，载月而归。李太白的"坐花醉月"，往往是孤寂的自我迷醉；而欧阳修和他的朋友们夜夜"坐花载月"则是风流旷达的众人之乐。《避暑录话》记载的这一盛况，不免令人艳羡："公每暑时，辄凌晨携客往游，遣人走邵伯，取荷花千余朵，以画盆分插百许盆，与客相间。遇酒行，即遣妓取一花传客，以次摘其叶，尽处则饮酒。往往侵夜载月而归。"

八年后，欧阳修为刘敞出任扬州太守饯行时又写下一首关于平山堂的著名的词——《朝中措·平山堂》：

> 平山栏槛倚晴空，山色有无中；
> 手种堂前垂柳，别来几度春风？
> 文章太守，挥毫万字，一饮千钟。
> 行乐直须年少，尊前看取衰翁。

晴空万里、空山迷蒙的美景，豪迈旷达的文章太守一饮千盅、下笔万言的形象都跃然纸上。

平山堂之后是谷林堂。建谷林堂则与苏东坡有关。堂名即取自苏诗"深谷下窈窕，高林合扶疏"。在欧阳修之后，苏东坡曾经三过扬州，他与欧阳修有师生之谊。元丰二年（1079年）四月，在官宦场上辗转流徙的苏东坡由徐州移守湖州，途经扬州，稍作淹留，得暇便登临平山堂。在这里，他不免追忆故人——伤感地想起他的老师欧阳修，便作《西江月·平山堂》追怀已仙逝十载的恩师，词中写道：

三过平山堂下，半生弹指声中；
十年不见老仙翁，壁上龙蛇飞动。
欲吊文章太守，仍歌杨柳春风；
休言万事转头空，未转头时皆梦。

弹指之间，物是人非，抚今追昔，对于恩师的感激与思念，溢于言表。《金刚经》云："一切有为法，如梦幻泡影。如露亦如电，应作如是观。"东坡居士看到生命的无常，人生真乃是一场梦，看破放下时，万法皆空，了无痕迹。

在谷林堂之后，便是欧阳文忠祠了。祠中悬一块"六一宗风"匾额，欧阳修自况"六一居士"。"六一"的含义，据《六一居士传》说："吾家藏书一万卷，集录三代以来金石遗文一千卷，有琴一张，有棋一局，而常置酒一壶……以吾一翁，老于此五物之间，是岂不为六一乎？"题为"宗风"，因此祠是欧阳修的后人两淮盐运使欧阳正墉重建的，是欧阳家族"家风"之意。

欧阳修独爱古琴，有琴并非一张，实为三张，他在《三琴记》中说："吾家三琴，其一传为张越琴，其一传为楼则琴，其一传为雷氏琴。"这三张琴皆为传世名琴，后来他还曾送一琴给他好友杨置，不知是否这三张琴中的一张。杨置由于屡试不第，抑郁成疾，整日借酒消愁。欧阳修闻知后，送给他一张琴，并写了篇热情洋溢的《送杨置序》。鸣琴还曾治好了欧阳修的"幽忧"

之病，大约是类似于抑郁症之类的精神疾病吧！他说："吾尝有幽忧之疾，而闲居不能治也。既而学琴于孙友道滋，受宫音数引，久而乐之，不知疾之在体也。"欧阳修独爱琴曲《流水》，以为学琴不必多，自适即可，他言："平生患难，南北奔驰。琴曲率皆废忘，独《流水》一曲梦寐不忘，今老矣，犹时时能作之。其他不过数小调弄，足以自娱。琴曲不必多学，要于自适。"

我走过平山堂前，古人所言杳渺的远山已不见踪影，只能看到雾霾中林立的高楼大厦，遥想文忠公在平山堂时，也必常常置身于天地之间，鸣琴抒怀；看到文忠公"目送归鸿，手挥五弦"的背影从遥远的时光深处显现出来，他那"俯仰自得，游心太玄"的生命镜像不禁令人心驰神往，又不免伤感不已。

去石涛的墓园

在平山堂的后山，能见到石涛的墓园，这是我以前未曾想到的。

文献多有记载，石涛墓在大明寺后，也都语焉不详。《画征续录》云：（石涛）"遗迹维扬尤多……"但未言及死葬何处，在《扬州画舫录》与《扬州画苑录》这两本权威的文献中，也未涉及石涛和尚墓址所在。

但我以为并不确切的墓穴定位不会影响我的凭吊之情。

早在1953年，扬州有关方面就在大明寺谷林堂后建石涛和尚纪念塔，以作凭吊。塔阴由金石家李梅阁题文"石涛和尚画，为清初大家，墓在平山堂后，今已无考。爰补此塔，以志景仰。"但纪念塔在"文革"期间被毁。无考是其一,供人凭吊是其二。所以建这个石涛墓园也无可厚非。虽然扬州还有与石涛有关的"片石山房""大涤草堂"遗址,但这里却是凭吊石涛和尚最佳处。鉴真大和尚是慈悲为怀,普度众生;欧阳文忠公是坐花醉月,风流倜傥;而石涛和尚是不事修饰,大涤人世。这三种不同人生境遇都是生命大境界、大自在的展示,能在同一个空间中得以观瞻景仰,幸莫大焉!

石涛和尚俗名朱若极,法名原济,一作元济(后人误传为"道"济)字石涛,又号清湘陈人、大涤子、苦瓜和尚、瞎尊者,"前明楚藩后"——就是说他是明朝遗民、藩王的后人。"画兼善山水兰竹,笔意纵恣,尽脱窠臼。"石涛和尚的身世,倒是用他写给当时另一位大画家——他的好友八大山人的诗精确地作了表达:"金枝玉叶老遗民,笔研精良迥出尘。兴到写花如戏彩,眼空兜率是前身。"表面上说八大山人,是金枝玉叶、朱明皇室后裔,其实是一语双关,写的也是他自己。两人都有丹青之妙笔,两人又都是和尚。

石涛和尚年轻时有任侠豪放之气,他的朋友李驎在《大涤子传》中说他"怀奇负气,遇不平事,辄为排解;得钱即散去,无所蓄"。他那纵横肆意、泼辣率性的画法并不受当时所谓主流画派的认同,他们对于石涛的艺术更多的是鄙夷与惧怕。但石涛依旧我行我素,就像他在自题小像上所说的那样:"要行行,要住住,千钧弩发不求兔。"他从不在意世俗的讥评,亦献诗给当朝皇上康熙帝,游兴于帝都,与三教九流多有交游,"遗民"的称呼似乎已不再适合他。作为一位职业的艺术家,他想当然地想得到权力的抬举、同行的认可，但这些未遂他愿。既然无缘，他即挂帆归维扬。正所谓"有缘即住无缘去，一任清风送白云"。

于和尚而言，可云游四方，可以四海为家，然而对于扬州，石涛有一种说不出的欢喜。经过一生的颠沛流离，晚年石涛决定定居扬州。定居扬州之初年，即作《邗沟雨图》，绘雨中之扬州，水墨烘染，六合阴霾，烟云掩映，花树淋漓，极写天涯孤旅之愁。画中阁上有人枯坐。又有一幅《云到江南图》，作于大涤草堂，题句有"黄昏不响广陵钟"语，画的是扬州西北郊原景色。有一小拱桥，通人烟稠密村舍，花树一区，雅致可观，极似清时名闻四方之念四桥。《淮扬洁秋图》则是石涛描绘扬州的代表之作，署名"大涤子"。画面乃扬州北湖景色，层次丰富：近处城垣绵延，人烟稠密；中部烟波浩渺，湖光映带；远处冈峦隐约，乃邵伯高邮一带景象。

我虽不懂笔墨，却喜附庸风雅，疯狂地喜欢石涛和尚的《画语录》（包括他的题画诗和题跋）。这本薄薄的小册子，我以为是世界艺术史上最为精彩绝伦、最为独抒己见的艺术随笔，处处闪烁着一位伟大艺术家的思想光芒。读到"山川使予代山川而言也，山川脱胎于予也，予脱胎于山川也。搜尽奇峰打草稿也。山川与予神遇而迹化也，所以终归之于大涤也"，你不免拍案叫绝，真不知道用什么样的词汇来形容这绝妙的时刻：天地辽阔，造化无穷，山川要我说话，我即从山川中来，神遇迹化，天人合一。

在石涛晚年，曾交过一位年轻的朋友，即后来的扬州八怪之一高翔。于石涛而言，高翔亦徒亦友。石涛和尚在死亡降临之前曾自画墓门图,并有句云:"谁将一石春前酒,漫洒孤山雪后坟。"《扬州画舫录》言"石涛死,西唐每岁春扫其墓,至死弗辍",西唐就是高翔的字,为徒为友,年年为故人扫墓酹酒,感人至深矣!石涛和尚有友如此,夫复何憾?

在纸山

从温州市区出发，车行半个多小时，就到了泽雅山区，即纸山。从熙熙攘攘的繁华都市进入山清水秀、人迹罕至的世外桃源，其实只需要你抬起脚，有所行动。进入山区之后，深山幽壑、激湍飞瀑、茂林修竹，纷纷闯入视野，这是永嘉太守谢灵运的山水。他的诗句如"池塘生春草，园柳变鸣禽""云日相辉映，空水共澄鲜"也就倍感亲切了。苏东坡不无羡慕地说："自言官长如灵运，能使江山似永嘉。"谢灵运热爱永嘉的灵山秀水，现在温州瓯海区的山山水水也都在他的辖区内。他有一颗永不停息的心，他既是耽于探险、热衷悠游的驴友兼探险家，也是一名深入基层、体恤民情的官员。他最为快意的乃是他的诗人身份，他总是以先得山水胜境为快，他是最早把个人独特感悟到的山水美景、天地人合而为一的境界传递给更多人的诗人。我想象，在某一个夕阳西下的薄暮时分，谢太守骑着一匹白马在此优哉游哉地漫游，把他的目光、他的心灵印拓在这山水之间，偶得佳句，即策马扬鞭而去,卷起一缕尘烟……

泽雅山区世代以造纸为业,在泽雅造纸鼎盛时期,家家户户做纸,待到天晴之时,每家都把压好的纸,放置在山岭上晾晒,漫山遍野尽是黄灿灿的晒纸,所以称之为"纸山"——这既是山水间的杰作,又是人们智慧与劳作的结晶。

泽雅属崎云山脉,原来是指泽上、泽下、泽新三个村落,位于"古耸寨"之下,明弘治年间的《温州府志》即记载有"寨下"之名。"泽雅",即"寨下"音转之讹而成,这是当地人有意为之的雅化,就如同南京城有一条原为"皮市街"后音讹为"评事街"的地名一样。明万历年间的《温州府志》正式记有"泽雅"之名,如此山水灵秀、人文繁盛之地,称之为"泽雅"真是再贴切不过了。

泽雅被誉为"千年纸山",最早造纸的时间可以追溯到唐朝。在唐代,温州蠲纸即闻名遐迩,清人周辉《清波别志》说:"唐有蠲府纸,凡造此纸户,与免本身力役,故以蠲名。"蠲免力役,是古代朝廷对上贡的手工业者实施的一项政策,居高临下,称之为恩典吧!纸做得好,上贡朝廷,可免除劳役。温州蠲纸是否在唐就是贡品,意见不一。明人姜淮《岐海琐谈·卷十一》认为:"温州作蠲纸,洁白紧滑,大略类高丽纸。吴越钱氏时,供此纸蠲其赋,故名。"也就是说,温州蠲纸始于五代吴越时期,当时钱氏立国,管辖下的温州贡纸并蠲赋。此后,宋、元相袭其制。不管如何,泽雅生产的纸品上乘是无疑义的,清代诗人戴文隽赞叹温州蠲纸说,"瘦金笔势迥超伦,纸敌澄心白似银"。明弘治年间的《温州府志》卷七"土产"记载了蠲纸的制作方法:

其法用锡粉和飞面，入朴硝，沸汤煎之，俟冷，药醅用之。先以纸过胶矾，干，以大笔刷药上纸两面，候干，用蜡打，如打碑法，粗布缚成块，揩磨之。右蠲纸，旧时州郡尺牍皆用之，今已罢置，姑存其法以遗于后之民。

通过上面的叙述，我们大约可知蠲纸的加工方法就是先用锡粉、面粉、朴硝煎制成药液，再将纸膜经过胶矾，干燥，刷药，再干燥，上蜡，打光等工序。温州蠲纸在明代走向衰落，技法失传。

蠲纸的衰落为竹纸的兴盛所替代。形成大规模的造纸作坊需要特定的基本条件：一是造纸纤维植物资源充足；二是水资源丰富清洁，利于沤制漂洗原料，或溪流落差较大，可以建造水碓捣刷；三是当地居民具备成熟的造纸和设备建造技术。崎云山麓的泽雅山区，纤维植物资源丰富，毛竹、水竹、绿竹随处可见，遍布山间田野、溪畔河岸、路边村旁。水资源充足，溪流落差大，适宜造碓捣刷。如著名的四连碓造纸作坊，它就位于北斗山脚龙溪中游，该设施始建于明朝初年，水渠长约230米，顺流分4级水碓，可反复利用水力资源，故名"四连碓"。我在山间发现了多处水碓，借助于大自然永不停息的动力，有的仍在正常运转，展示出天地运行生生不息的生命奇迹；有的已经破旧倾圮，静静地躺卧在溪水旁，青苔点点，呈现出一种异样的颓废之美。山泉水眼处处可见，清澈见底，了无杂质，最为适宜打浆造纸。我在泽雅几个造纸村子的溪水间，均发现了大量丛生的菖蒲，一直以来菖蒲就是中国古代文人墨客的清供之一，对水质要求极高，菖蒲的繁生为这些造纸的山村增添了些许人文书卷气息，也侧面见证了泽雅山区的环境优美、水质清冽。造纸工造纸技术成熟，特别是建造水碓、编织纸帘、浇砌纸槽等技工充足。天、地、人多方面完美的条件成就了泽雅纸山。

据可考资料记载，是一次小规模的移民潮带来了泽雅造纸业的繁盛。元末明初，福建南屏人为避战乱迁居泽雅。因泽雅水多竹茂，遂重操旧业造"南屏纸"。人们用水碓将水竹捣成纸绒、纸浆，制成屏纸。泽雅一带数千人从事造纸，因此到处是水碓、纸坊。如水碓坑、水帘坑等地名亦都与造纸有关。20世纪90年代日本农耕民俗考察团、中国印刷博物馆等团体多次到此地考察，他们惊叹地发现了泽雅如此大规模的造纸作坊，并且还能用古法进行造纸，他们一致认为泽雅纸山是中国古代造纸术的"活化石"。

在纸山，我仔细参观了造纸文化园，深入了解手工造纸的流程。当地的人们传承了千百年来的手工技艺，泽雅手工造纸号称有72道工序，但流传到今天，在实际生产过程中尚有20多道工艺流程，如样样分开计算，可有109道小工序，叹为观止矣！这些流程包括做料、腌刷、翻塘、煮料、捣刷、踏刷、拌槽、捞纸、压纸、分纸、晒纸、拆纸、打捆、加印打包等，部分生产流程甚至比《天工开物》所记载的更为原始更为复杂。我想，所谓的工匠精神，就是在这些细致烦琐的工序中诞生的，它们很慢，耐烦……慢正是工匠精神的精髓，慢是一个天地万物舒展的过程，慢是自然、人与物相互交流的过程，慢是精神的，而非物质的。慢产生美和艺术……

千年纸山孕育了浓郁的书卷气，这种书卷气似无却有，沉淀在宏大历史和日常生活的深处。在泽雅山区有一个小山村并不造纸,却处处得文气之浸染,在民国期间,走出多位了不起的人物,创建了最早的乡村现代小学,不禁令人肃然起敬。它叫庙后,是著名散文大家琦君的故乡。庙后村是琦君的出生地,小村山清水秀,溪流穿村而过,村庄散落在小溪两岸,依山傍水而建。琦君先生在《乡思》中写道:"故乡是离永嘉县城三十里的小山村,不是名胜,没有古迹,只有合抱的青山,潺湲的溪水,与那一望无际的绿野平畴。我爱那一份平凡的寂静,更怀念在那儿度过的十四年儿时生活。"岁月沧桑,琦君的出生地——潘家故宅尚存遗迹。经历种种变故,故宅现只剩下一个斑驳沧桑、杂草丛生的古门台。门台飞檐翘角,颇为精致,还有残缺的砖雕,古朴典雅。而庙后小学就是琦君的养父潘鉴宗先生在 1920 年创办的,琦君小时候父母双亡,即为大伯潘鉴宗收养。改编自琦君同名小说的电视剧《橘子红了》里的"大伯"的原型即是潘鉴宗。在民国时期,这所学校闻名遐迩,影响深远。青田、文成、瑞安、永嘉等地学子都不顾偏远,慕名前来求学。潘鉴宗为提高教学质量,邀请了一批名师执教,奖励好学上进的学生,对家境贫困的有志学子,不但免除学费,还提供膳食住宿等资助。潘鉴宗惠及桑梓之举,至今还为人们所称道。琦君深爱着她的养父,专写父亲的文章就有《父亲》《油鼻子与父亲的旱烟筒》,数十篇文章如《一朵小梅花》《杨梅》《酒杯》《鲜牛奶的故事》《喜宴》等都描述了父亲的人生侧面,并怀有深切的缅怀之情。

  2001 年 10 月,阔别故乡半个多世纪的琦君先生回到家乡,她写下了"崎云山水秀,庙后乡情亲"十个字,浓浓的乡愁跃然纸上。我们在她的文章中能看到她对故乡无尽的挚爱。我们在她的文字中能感受到20世纪初这个小小山村的温度，看到中国人的善良与操守，看到文化润物细无声般地在偏僻的山村里静静展示着阔大的情怀：在黑夜里，在煤油灯下，孩子们读着《论语》和唐诗，那么稚嫩，那么温馨……而在他们羞涩的瞳孔里，正倒映着星辰大海……

驶向永不冰冻的港口

我们要去袁可嘉先生的故居参观。当车子开往慈溪市崇寿镇（原隶属余姚，1954年划归慈溪）的时候，我的脑海中不由自主地描绘了一幅袁可嘉先生故居的场景：大约是典型的江南民居，粉墙黛瓦马头墙，前后三五进，中间有较大的院落，四水归堂，古老的墙缝里会长出清癯的蕨类植物，房顶上还会耸立着年轻而苍老的瓦松，房前也许还有小桥流水、古树昏鸦，就像袁先生的乡贤王阳明的故居那样。但事实却非如此。

车子驶离镇上的主干道，开进一条逼仄却通往农田的道路，几百米之后开进了一个有围墙的院子，好像一个小型工厂的样子。院子中间矗立着一座白色的五开间二层洋楼，这便是袁可嘉故居了。此楼是袁可嘉的父亲袁功勋在20世纪30年代所建。据史料载，此楼"有外走廊连接旧屋，廊外植花草树木"，也就是说袁可嘉先生家中原来是有"旧屋"的，估计那"旧屋"或多或少是我原先想象的那种江南民居的模样。新中国成立后，此地先后作为乡公所、棉花加工厂、医院等用房，十几年前，当地政府修葺了小楼，陈列布展了袁可嘉文学馆（故居），并把其列为文保单位。故居这一带地方也被称为六塘头袁家村，1921年9月18日，一个男婴的啼哭声在袁家村的上空响起，这个男孩就是日后成长为中国当代文学史中卓有建树的诗人、学者、翻译家的袁可嘉先生。《十月》杂志社与慈溪市人民政府合作举办的袁可嘉诗歌奖已历十余年，因而使这邮票大小的袁可嘉故居声名远播，为海内外文朋诗友所向往。

　　登上二楼，倚窗远眺，我能看到的是零落的村庄、高大的樟树、一大片青青的麦田和一片蔚蓝的天空。而少年袁可嘉站在这里，却可以看到相公殿河港，那里有熙熙攘攘的人群、出来进去的船只和浩瀚苍茫的大海，也许还能看到展翅飞翔的海鸥。1999年，已近耄耋之年的袁可嘉在大洋彼岸的纽约写下回忆家乡的文章《故乡亲，最亲是慈溪》，他写道："相公殿离我家不过三里，是我父辈一手开辟起来的河港。虽说只有一条小街，却也颇有不少店铺，如布店、米店、杂货店、理发店等等，是姚江农村一个小小的商贸集散地……相公殿作为一个对外窗口，我深怀感激之情，因为它是我童年引发远游幻想的第一个起点。我常常去看港口来往的各种船只，寄托我云游四海的希望。"在大海边的洋楼中长大，这似乎预言了袁可嘉日后的宿命——终身与外国文学相伴。

　　海纳百川，有容乃大。大海是开放与包容的。大海将把人们送往全世界，抵达诗歌与远方。大海给予少年袁可嘉以无限的憧憬，也赐予他丰厚真挚、取之不尽的诗歌素材——那些诗歌的荣耀属于无限而博大的大海，大海是他一生的核心意象。据目前掌握的资料推测，14岁的袁可嘉在宁波中学读书时，发表了他的第一首诗《奉化江上一瞥》，其中有这样的诗句："阳光映着，／起伏处发出闪闪的光亮。／张着红黄色帆的渔船，一艘艘逐浪而来；／水手们停止了划桨摇橹，／安静地蹲在船尾吸烟。"这里有他的童年记忆，童年对于诗人而言永远不会结束。切斯瓦夫·米沃什说："关于诗人不同于其他人，因为他的童年没有结束，他终生在自己身上保存了某种儿童的东西。""他（诗人）童年的感知力有着伟大的持久性，他最初那些半孩子气的诗作已经包含他后来全部作品的某些特征。"我甚至相信，最初的诗作包含着他后来作品的最重要特征，甚至引向诗人的生命本质，即便这些特征尚未显现、尚无可预期的征兆。他的代表诗作之一《出航》中，"航行者离开陆地而怀念陆地，／送行的视线如纤线在后追踪，／人们恐怕从来都不曾想起，／一个多奇妙的时刻：分散又集中。"生动鲜明的诗歌形象正来自他童年时在河港玩耍时的仔细体察。虽然袁可嘉先生走遍万水千山，但在离开故乡的日子里，他那思念故乡之情却从不停歇。从袁可嘉先生最为著名的诗歌《沉钟》中，我们读到一种深沉静谧的雕塑之美，一种整饬凝练的韵律之美，沉思的钟、沉寂的心绪、沉默的思辨和沉郁的情感在文本中明灭闪烁、不停回响。我们也读到了袁先生的童年、袁先生的相公殿、袁先生童眸里波澜壮阔的大海："把波澜掷给大海，／把无垠还诸苍穹，／我是沉寂的洪钟，／沉寂如蓝色凝冻。"

1932年的一个深夜，年仅11岁的袁可嘉挥泪与母亲告别，跟着来他家中帮忙的师傅，步行三里多路到相公殿河港，坐了七八个小时的船,经姚江,抵达龙泉山下的余姚县城。他去余姚县第一高小读书,闲暇时,他会登临王阳明先生开讲"格物致知""知行合一"的中天阁,会在虞宦街的普文明书店购买书籍和文具。自古以来,文献名邦余姚出了四位大贤,即严子陵、王阳明、朱舜水和黄宗羲,他们渊博丰赡的思想与开放兼容的精神也对少年袁可嘉的一生产生了不可磨灭的影响。以至于在后来的人生经历中,不管是遇到多少风风雨雨、多少艰难挫折,他都能坦然面对,都能心安理得,都能勇猛精进而绝不妥协,行止做人皆如岩中花树、心外无物。

袁可嘉先生故乡的相公殿河港是一个面向世界、打开世界的"对外的窗口",而袁先生领衔主编的《外国现代派作品选》(袁可嘉/董衡巽/郑克鲁 选编)更是一个打开20世纪世界文学的窗口,是一艘"破冰解冻"的文学航船。从某种意义上讲,《外国现代派作品选》改变了中国文学的版图,也改变了中国文学的走向,让中国的作家放眼看世界,正如周有光先生言:"要从世界看中国,不要从中国看世界。"这部作品选可以说是真正的外来的"狼奶",哺育了成千上万嗷嗷待哺的文学青年。这部作品选视野开阔、目光精准、翻译精良、评述详尽,对中国现当代文学特别是文学创作有着无法估量的影响。当时命名为"现代派"还是相对谨慎的,以现在的眼光看,这就是一部20世纪现代主义世界文学作品选。于我个人而言,这部作品选对我产生的影响怎么说都不为过,从这部书始,我初识了那些伟大的文学巨人,诗人中的瓦雷里、里尔克、叶芝、艾略特、庞德、奥登(书中译为"奥顿")、威廉·卡洛斯·威廉斯、拉金、休斯等,小说家中的卡夫卡、乔伊斯、普鲁斯特、博尔赫斯、科塔萨尔、加缪、福克纳、托马斯·曼、沃尔夫等，以及作为戏剧家和新小说作家的贝克特，甚至包括最主要的后现代主义作家品钦和巴塞尔姆。可以说，这部作品选囊括了20世纪西方最主要的伟大作家（当然也有遗珠之憾，如卡尔维诺、布尔加科夫、曼德尔施塔姆、策兰等人就没有收录），它有意无意地为我的人生走向画出了一条隐秘的弧线，我生命中的绝大部分时光都是围绕这条弧线度过的，理解他们、领悟他们，与他们争辩，与他们对谈……我诚挚地感谢袁可嘉先生——一位伟大"盗火者"，他盗来的火种点燃了一个浩瀚的文学大海。跨过千山万壑，我们再翻阅《外国现代派作品选》，就更能理解一粒种子的重要性，它将会成长为一株幼苗、一棵大树。

　　理解袁可嘉先生，他的三个身份——诗人、学者、翻译家——就是三把至关重要的钥匙。作为学者，袁可嘉先生在诗歌理论与外国文学研究领域皆硕果累累。作为翻译家，袁可嘉先生翻译了家喻户晓的叶芝的《当你老了》，"当你老了，头白了，睡思昏沉，/炉火旁打盹，请取下这部诗歌"，"多少人爱你青春欢畅的时辰，/爱慕你的美丽，假意或真心……"，多么晓畅朴实，多么诚挚动人；也翻译了在诗歌界广为流布的威廉·卡洛斯·威廉斯的《红色手推车》，"一辆红色/手推车/雨水淋得它/晶亮/旁边是一群/白鸡"，简洁生动，洞悉并表达出意象诗之奥秘。从某种意义上说，袁可嘉先生的诗歌翻译参与了现代汉语的塑造，也为中国当代诗人提供了可供参考的诗歌坐标系。诗人、翻译家高兴先生听过袁先生的课，他对此有过精辟的论述："他给我们讲述翻译叶芝过程的时候，给我很多启发：首先，一定要深刻理解，全面把握，如此才会有欣赏，才会有喜爱。另外，特别重要的，也要有批评，才会有翻译时的感性和理性。其次，就是运用最恰当的词汇和语调来体现原作者的风格。袁先生在翻译叶芝的时候，叶芝的所有作品，从早年到晚年，他全部细致地读过。他发现，比如情诗的写作，在刚开始的时候，叶芝是追求华丽的，而且有时候有点自作多情。这样的话，虚假的成分就会出现。后来，才逐步走向平实、清晰，走向含蓄，注重真情实感。他这时候的诗就是平常，但又不乏新奇、朴素，具有冲击力和感染力。"诚如斯言，从袁先生翻译叶芝的过程来看，他的诗歌翻译新鲜活泼、准确生动而富有表现力，都是跟他的付出、他的耐心和他的才华是分不开的。

1943 年，西南联大的学生袁可嘉写下了《帆》："天青，海蓝，/ 我是一朵薄绸的帆 / 要驶向不冻的远港。"这可以看作从杭州湾边袁家村走出来的袁可嘉的一生写照，这位海之子为他自己写下的墓志铭——驶向永不冰冻的港口。

天长琐记

说起天长，于我而言，首先跳出来的是白乐天的"天长地久有时尽，此恨绵绵无绝期"这一千古名句。颇有意味的是，安徽省天长市的得名确与白居易写的《长恨歌》之叙事有关。《长恨歌》写的是唐明皇李隆基与杨贵妃在历史幽暗的皱褶中个人卑微的命运和凄绝悱恻的爱情悲歌。而天长县的由来恰恰是这位毁誉参半帝王的一次皇权彰显的结果。《旧唐书·玄宗纪》载，开元十七年（729年）"八月癸亥，上以降诞日，宴百僚于花萼楼下。百僚表请以每年八月五日为千秋节。"为纪念皇上李隆基的生日，在花萼楼下，百官上表拜请将每年的八月五日定为千秋节。帝王与主事者明白，文治武功要不朽于后世，不能仅靠一纸公文和一个口头上的行政命令，那只是形而上意识中的存在。事实上，更需要形而下扎扎实实的物质存在来彰显其"千秋大业"。所以，朝廷在天宝元年（742年）"割江都、六合、高邮三县地置千秋县"。天宝七载（748年），百官大约觉得"千秋"不足以表达他们对皇上"千秋万代"的忠诚与期许,遂取辞于《老子》中"天长地久",意:"天长地久。天地所以能长且久者,以其不自生,故能长生。""天长"即为长生不老之寓意,改千秋节为天长节,千秋县随之易名天长县。

大诗人王维奉天子命,作应制诗一首,叫《奉和圣制天长节赐宰臣歌应制》。诗以"太阳升兮照万方"的气吞八荒气势起句,又有"灵芝生兮庆云见"之祥瑞丛生,这应制诗写得可谓摇曳多姿、堂皇高端。

当时皇宫里有一位"从九品下"的小官执戟,相当于皇上的侍卫小队长吧,他叫梁锽。此人好吟诗作赋,"豪放倜傥,落魄半生",郁郁不得志,《全唐诗》收录其诗十五首,颇有时名,是位不折不扣的小号诗人。据其诗,大概他是短暂地担任过执戟。梁锽日常的工作就是护卫唐明皇,他是有机会接近皇上的。在天长节设立之后,梁锽不失时机地写了一首直接名为《天长节》的诗,诗曰:

> 日月生天久,年年庆一回。
> 时平祥不去,寿远节长来。
> 连吹千家笛,同朝百郡杯。
> 愿持金殿镜,处处照遗才。

显然,这是首颂圣诗,吉利又讨喜。想来他品级太低,是没有资格奉制作诗的。传闻,唐玄宗在临死之前,念念在兹并不是杨玉环,而是喃喃自语地吟诵梁锽的《傀儡吟》,诗是这样的:"刻木牵丝作老翁,鸡皮鹤发与真同。须臾弄罢寂无事,还似人生一梦中。"他的帝王生涯、他的风流韵事、他的文治武功、他的此恨绵绵,皆化为泡影,帝王将相一抔土,一生如傀儡,到头来不过是大梦一场而已。

王维与梁锽,他们为天长节而作的诗,固然是歌颂皇上、献给皇上的。但我们也可以理解为,它们是超越时空而送给今日天长的文化礼物。

文化是一个城市最为核心的竞争力,一张区别于他者的独特面孔。据悉,天长市正在打造天长地久文化园,借力唐玄宗与杨贵妃的爱情故事,在"天长"这一不变的地名之上,再深深打上"天长地久"的这一恒久邮戳。我想这定然会吸引很多人的关注,激发"流量经济"的活力,不失为文旅融合的一次大胆探索。

天长于我,还有另一个有趣的钩联。我算是一位资深的《儒林外史》迷,极为喜欢此书与其作者吴敬梓,也写过一本不足为人道的小书——《吴敬梓》。胡适先生不无自豪地宣称:"安徽的第一个大文豪,不是方苞,不是刘大櫆,也不是姚鼐,是全椒的吴敬梓。"我深以为然。书中有两个重要人物,为天长杜少卿和杜慎卿。杜少卿的原型就是作者自己——吴敬梓。杜少卿名仪,人有威仪,从而获得他人敬重,"敬"与"仪"是有因果关系的。天长,与吴敬梓的故乡全椒相距甚近,现在同属地级市滁州。小说家因此而替代。作为诗人与小说家,吴敬梓交游广泛,结识三教九流,在他眼里,芸芸众生,无不平等,天下苍生,皆有形状。吴敬梓有一位好朋友,叫江昱(字宾谷),"安贫好学,博涉群籍,贯通经史",他们是志趣相投、心心相印的好友。据考证,仪征江昱的老家正是天长。可以猜想,吴敬梓是来过天长的,游历过天长的古迹,品尝过天长的美食,痛饮过天长的美酒。这样看来,把杜少卿设定为天长人,真是小说家最为恰当的虚构。

《儒林外史》中的杜少卿嵚崎磊落、幽默犀利、乐观豁达、急公好义、学识渊博、见识高远,当然他拥有一个古代知识分子命蹇时乖的一生,他正是吴敬梓;出生于"家声科第从来美"书香世家的吴敬梓,少年聪颖好学,青年时放荡不羁,千金散尽,"乡里传为子弟戒",多次参加科举,却铩羽而归,渐渐洞悉八股取士的弊病与本质,他正是杜少卿。读着书中的杜少卿,我们可以看到一个活泼泼的吴敬梓。吴敬梓与杜少卿是互为镜像的存在,如同马塞尔·普鲁斯特与他小说《追忆似水年华》中的叙述者马塞尔一样,令人着迷。

话又说回来,文学中的天长千好万好,都是我们精神世界的投影,是作品与读者"共谋"的结果。如若想感知真实的天长,还是要实地感受与体察。现在的天长人的热情好客一点也不亚于小说中的杜少卿。我有幸去了一次天长,深感有过之而无不及。

无名的匠人
——南阳黄山遗址随想

我们来到南阳市卧龙区蒲山镇的黄山,这不是名满天下的黄山,不是那座"五岳归来不看山,黄山归来不看岳"的世界文化与自然双遗产的名山。它不起眼,是一座由黄土覆盖的小丘陵,与风景名胜黄山相比,可谓珠玉与瓦砾之殊。走不了几步,就能登临山冈的最高处。其东方,是蜿蜒流淌、银光闪烁的白河;北方,与两座不大的石灰岩山峰——蒲山与丰山遥遥相望;西南方,是近在咫尺的独山,一座被称为玉山的风光所在——闻名遐迩的独山玉产地。考古学是这样来描述我们眼前的黄山遗址的:它是新石器时代遗址,由多层房址和墓葬叠压而成,考古勘探确定遗址面积30万平方米左右,东西长600米、南北宽500米,分布在一处五级台地组成的高17米的小土山周围,一般高出地面约30米,文化层厚1~5米,甚至更深。

考古学家带领我们进入遗址勘探现场,进入这个史前的人类文明的生活图卷之中。考古学家科学严谨地讲述遗址的挖掘勘探与学术意义，我以为也包含着某种未知的与神明有关的启示，这座高出地面17米的小山包内部蕴含了先民们最初的智慧、对于权力与财富天生的占有欲、人类与冥晦万物的交流、日常生活的人间烟火。在这泥土、白骨与器物的世界中，有一位身材高大、手握权杖的人，他必然是一位权力的拥有者，他学会了做梦，他的职责就是不停地与天地对话，在世界万物面前立下誓言，他对火焰、流水、石头、树木、走兽、飞禽、疾病、微物之神作出承诺……通过自身的强大、天赋的祭祀权力甚至做梦（一个博尔赫斯式的文学描述），他统领着这片土地上的草木鱼虫、飞禽走兽和勤劳的子民；同时，他自己也成为臆想中的"天选之子"，虔诚地敬畏不可理解的上天和神明。在考古现场，他被英文字母和阿拉伯数字合署编号为M18，他是一位成年男性，身高170厘米左右，左手执骨镞弓箭，右手执独山玉杖，足部则放置了18个猪下颌骨。数量众多的猪下颌骨是他拥有巨大财富的象征。玉杖边，一块巨大玉钺耀眼夺目，我们的视觉中心会毫不犹豫地落在其上。玉钺是新石器时期、夏商周时期独有的礼器，也是集军事统治权、战争指挥权、王权于一身的礼仪玉器，由此表明墓主人生前拥有相当巨大的权力、武力。显然他是黄山聚落的首领——一个在白水边成长起来的酋长，在某一个时期，他是这片土地至高无上的王者。这块象征权力的玉钺，由杂色独山玉打磨而成，呈"风"字形，外形与斧头类似，"斧钺"常连用，是同义合成的组词方式，甲骨文金文中，"斧"即是一把斧头的形象，《说文解字》说："大者称钺，小者称斧。"斧和钺，在大小上略有区别，在功能也有不同，斧用以伐木，钺用以征伐。此玉钺打磨平整光滑，刃部超薄均匀，色泽呈墨绿色，散发逼人的寒光。该钺的上部有一个完整的圆孔和一个半圆缺孔，整体造型完美。可以猜想，这是为 M18 专门定制打造的，具有唯一性。先民们对于权力与美学的双重崇拜映射在这块冷冰冰的玉钺之上，映射在那一丝不易觉察的光芒之上。

我们永远也无法彻底地从先民（这些原始人类）的角度出发，用他们的眼光来观察世界与各种事物。这是詹姆斯·乔治·弗雷泽的困惑。他声称，他所能抵达的领域仅仅是"我们的智慧可以允许的推断而已"。而今天的我们更为武断，我们仅仅依靠想象的羽翼来打探黄山先民的世界，而他们的肉体、他们的灵魂、他们的喜怒哀乐、他们的爱恨离愁只能是我们头脑里闪烁的吉光片羽，虚幻而又迷离。我们仅有的钥匙，就是共有人的天性：天性中对于爱与美的沉溺，对于权力与财富的贪婪，对于自然万物的敬畏。这些特质，无论是优异的品质、人性的光芒，还是禀性难移的劣根性，千万年来，与今人都是没有本质上的不同。

独山上的石头，就是这现代派埃涅阿斯寻觅到的"金枝"。经由这些石头的指引，我们前往一个遥远的年代，探寻先民的灵魂，同时窥视他们与天地间的秘密约定。在一层层的白骨中，这小小的黄山叠加了多个文化层：裴李岗文化、仰韶文化、屈家岭文化、龙山文化。黄山遗址不间断使用了 4000 多年，这在已知的史前文明中是极其罕见的。而令人感到杳渺的是，在这块弹丸之地，这些史前文明文化代之间的时间跨度又是惊人的，从裴李岗文化（距今 8500～7000 年）到龙山文化（距今 4000 年左右），其间大约有4000年以上的时光,而从有较为成熟的甲骨文记事至今也不过3700年左右。3700年间,有多少战事纷争、有多少朝代更迭、有多少英雄崛起、有多少蝼蚁偷生、有多少摧毁与重建、有多少鲜花和泪水、有多少光荣与屈辱……都无从考究,那么,对于看似小小的黄山遗址文明而言,4000年的漫长时光里,我们的先民又经历过多少复杂而残酷的社会存在图景,又有多少对于自由与爱的梦想,多少对大自然、美和艺术的驻足与凝望?这些更是无从猜测了。这些不同的文化层之间是什么关系,它们的主人公有血缘关系吗?是同一族群连续居住还是不同族群先后定居?……"昔人已乘黄鹤去,此地空余黄鹤楼。"黄山是一座装载无数奥秘的"黄鹤楼",昔人与黄鹤呢?一去不复返,千年万载,白云依旧空悠悠地在此青山绿水上空徘徊。无数的谜团涌现出来,白河与独山也许知道答案,但它们总是缄默不语。摆放在遗址角落里的尖底陶瓶会是一枝进入这个史前文明的"金枝"吗?它在深深的土层之下,默默地仰望着我们,一脸茫然。

在远古,这里形成了一个原始的市场,是一个玉石器制作的中心集市。石头经过选材、打剥、切割、琢磨变成了"玉"。这里产生人类最早的匠人,他们把来自大自然黑色的、白色的、黄色的石头打磨成一件件艺术品。他们运来"他山之石",琢磨成玉。独山的石头,到了黄山才成为玉。所以,在南阳有这样一个说法——"文化在宛,独山古玉,黄山天琢"。

这些无名的匠人,远古的艺术家,他们的艺术天赋和艰辛劳作也获得了来自部落的认可与奖赏。仰韶时期F1、F2房址以及工房遗址,显然是那个时代最高等级的房子。该房屋采用木骨泥墙经烘烤的高台式长方形多单元房基,呈前坊后居的布局,除居住生活功能外,主要磨制生产玉器石器,还生产骨镞和骨锥。这是匠人的作坊,也是他们的家。F2是东西方向,由三套一室一厅单元房加一座两面坡式工房组成。三座单元房墙体残高80多厘米,墙体是木骨泥墙,厚度8~15厘米。据专家推测:建造时,他们把木头编成篱笆再糊上厚泥,晾干成墙,或者糊泥后两边火烧,把墙烧得像砖一样硬。三座单元房每间都超过20平方米,前厅后室,有朝南的房门,屋内残存有灶围、陶器、砺石等。部分室内地面,像水泥地般光滑坚硬,是铺上泥土垫平后,地面再用火烧一次,类似现在的二次粉刷。三座单元房里,竟然还有推拉门装置,地面有槽,里面装着带滑道的龙骨。房屋的格局也表明人类最早市场的产生,这时艺术品不仅有实用价值,也具有审美价值,人们愿意为"美"而买单。也可以说,这种高级的房屋就是时代给予"最卓越的匠人"较高规格的奖赏。

我相信,这些出色的匠人中,必然地会出现打磨语言的匠人,他们从白河的春天、从独山的夏天、从黄山的夜晚、从夜空的流星中获取感悟与灵感,用他们略高于尘土的嗓子唱出自己内心的歌谣。T.S.艾略特在《荒原》的扉页上题签:献给埃兹拉·庞德——最卓越的匠人。是的,诗人就是磨制语言石头的匠人。黄山的匠人们留下了实物,那些经过反复琢磨和冲洗的作品,既有实用性的农具耜、斧、锛、凿、刀等,也有祭祀礼器用品如钺、琮等,还有用于生活的高档用品,这是先民们的审美追求,如装饰品璜、手镯、环、珠、耳珰等,它们质朴而简洁,呈现一种接近大自然的纹理与形制,也映射了这些匠人的艺术直觉。黄山

"最卓越的匠人"没有名字,我们不知道他们长相如何,他们是那些森森白骨中的一具,他们只留下这些火焰与雨水也不能摧毁的物什。M18 手持的玉钺就是这"最卓越的匠人"的代表作品。

假如我们拨开历史的迷雾,穿越时光的藩篱,我们将来到这个黄山集市。在春和景明的时节,独山上的桃花悄然开了,黄山路边的野雏菊也会展示微笑的面容,一位小伙子与一位少女因为市场交换而相互爱慕,但是他们并不能长相厮守,因为小伙子住在三公里外的独山,而少女则是工匠部落的女儿。他们见过面,牵过手,他们必须离别,但偶尔可见。永不停歇的白河之水见证了他们昙花一现而又亘古不灭的爱情。小伙子将像《斯卡布罗集市》里的那个痴情少年,苦苦吟唱他的绿色山冈、他的孤独之山、他的洁白之河、他曾经得到而又失落的花朵。

公元 8 世纪中叶,中华大地上最卓越的语言匠人——诗人李白来到了南阳,他登临独山,品尝了独山蕨菜,痛饮了南阳美酒,在红阳城外走马,在白河湾呼鹰逐猎……李白折取一节松枝——汉语中的"金枝",在白河的流水上写下了他的诗句:

> 青山横北郭,白水绕东城。
> 此地一为别,孤蓬万里征。
> 浮云游子意,落日故人情。
> 挥手自兹去,萧萧班马鸣。

我们从黄山上下来,我们从南阳离开……我们如李白一样,手持"金枝",我们离开,却又从未离开。

青莲与枯蓬

前不久,我约了几个好友,跑到一处万亩荷花荡游逛了一番。"莲叶何田田""映日荷花别样红",场景宏阔壮观自不必说。久观荷叶、荷花、莲蓬,竟然生出些许感喟来。

说清廉,则必先说青莲。青莲之谓,亦常惹人怜爱。李太白的号便是青莲居士,观太白一生,诗酒人生,睥睨生死,傲视权贵,逸出尘世,可谓青莲亭亭、遗世独立,"清水出芙蓉,天然去雕饰"正是其风雅的传神写照。这既是他卓尔不群的诗歌美学品位,也是他豪迈俊逸的自我决绝宣言。青莲居士素有青莲之志,绝不媚俗,亦不会"摧眉折腰事权贵",他有他的矜持、他的操守。青莲在水里在风中的姿仪也是李太白坦荡行走在人世间的磊落镜像。

《儒林外史》的第一回是"说楔子敷陈大义 借名流隐括全文",作者吴敬梓借的"名流"不是别人,正是元末明初的大画家王冕。王冕亦是特立独行之人,传其年少时戴高帽,"身着绿蓑衣，足穿木齿屐，手提木制剑，引吭高歌"，往返于市中，常令人侧目。他对权贵厌恶的态度比李太白更为彻底更为坚决，为不给权贵危素画画，又痛恨"酷虐小民，无所不为"的知县，他只得落荒而逃，外出避祸数载；大明开国，朝廷要征聘王冕出来做官，他只得连夜翻墙而去，逃往会稽山中，隐姓埋名，终老山中。王冕的两次主动逃离权力可能给他带来的戕害，虽说是有点草木皆兵、风声鹤唳之嫌，但历史与现实证明他的选择是保持其抱朴守真的艺术家天性、恪守知识分子理想人格的唯一选择。在民间传说与小说中，王冕是一个因画荷花而流传千古的画家，而事实上，他一生更钟爱梅花，在《墨梅》中，他写道："我家洗砚池头树，朵朵花开淡墨痕。不要人夸好颜色，只留清气满乾坤。"王冕的一生与梅有着不解之缘，他爱梅、种梅、画梅、咏梅，他的朋友说他"一生只为梅花恼"，而他自比为"梅先生"，甘做一株雪里梅花——不同俗流，独善其身，芬芳一生，清香一世。"清水出芙蓉"的青莲，遗世而独立的梅花，这两种极富象征意味的花卉在王冕身上是合而为一的，这是艺术家在此世界上真切而锐利存在的视觉形象，动人心魄。

说起画荷，被誉为"代表17世纪彻底的个人独特风格艺术家之中的第一人"的画家陈洪绶无疑是中国艺术家中最擅画荷者。陈洪绶，乳名就叫莲子，自号"老莲"，"莲"大约可以称为之他的艺术图腾吧！他用笔精妙，随心所欲，或浓艳雄浑，或笔简意淡，其画作《荷花鸳鸯图》《荷花》《清供图》《湖石红蕖》《荷花蝴蝶》《荷花石红蕖》《凭花图》《荷花湖石图》《芙蕖菡萏图》《高士持莲图》等都是以荷花为主题的。陈老莲有诗云"宜居山水处,几案芰荷香",陈老莲是清新脱俗的高士,却又眷恋滚滚红尘。他是那个冷酷时代的持荷人,灿烂开放的荷花照亮他的生命。在他的笔下,荷花质朴而冷寂,让生命的真性自在彰显,有一种激动人心的澎湃力量。

比陈老莲晚生四十余载的苦瓜和尚石涛亦是一位荷花爱好者,他作诗描绘了荷花与少女的相映成趣,真是令人着迷啊:"荷叶五寸荷花娇,贴波不碍画船摇。相到薰风四五月,也能遮却美人腰。"石涛画荷,自然是"搜尽奇峰打草稿",多为泼墨,汪洋恣肆,偶有着色,更是灿若云霞。其画作中弥漫着一种郁勃纵横之气,他以为,作画"当以气胜,得之者精神灿烂,出之纸上"。

古人爱莲,有周敦颐之《爱莲说》,爱其出淤泥而不染,爱其高洁之志。莲不光是高洁君子的镜像,其丰富的美学价值和食用价值也征服了广大爱莲者的心。我亦爱莲,可惜的是我没有彩豪制之。但是就我个人微不足道的趣味而言,我独爱莲蓬。

当荷花在盈盈碧色的荷叶中绚丽绽放的时候,荷花的花心就是未来的莲蓬,体态娇小嫩黄,藏匿在繁华与光芒的深处。作为伟大的雕刻大师,时间慢慢地褪去世界的浮华,刊落尘世间的烟尘,美丽娇艳的荷花花瓣渐渐枯萎脱落,而这时莲蓬却日益健壮起来,一支支清澈明亮的莲蓬就自然大方地呈现在人们的眼前。

我爱莲蓬,一半缘由是莲心之故。莲蓬里包着数粒莲子,《古乐府·子夜夏歌》里就有"乘月采芙蓉,夜夜得莲子","莲子"也是"连子"的谐音,传统赋予它的寓意便是"多子多孙,子孙满堂"。莲子的深处,即是莲心。剥开莲蓬,需要三道工序才能看到青青如也的莲子心。首先是剥开莲子居住的房屋,这是大自然这位艺术家设计的独一无二的建筑,它是莲子居住的家园;然后剥开莲子身着的青色外衣,晶莹剔透的莲子就呈现在了人们面前;最后是剥开莲子,需小心为妙,以免伤害莲心,此时中间站立着的正是碧绿的莲心,像一株势欲生长的小苗,娇小精致,又孕育着无限生机与活力。

莲心,是为"有心"。在这物质日益繁盛的时代里,"有心"之人已然越来越少,无心者越来越多,似成常态。但是至少还有莲心提醒我们,在繁华纷杂的世界中,做一个"有心"之人吧!有心方可安心。东坡先生有句诗"吾心安处即吾乡",有心了,对待世间的风云变幻、疾风骤雨便可"心安","吾乡"即在眼前,不必再作它求。

我爱莲蓬,另一半的缘由是它的风骨,是它枯寂、自由、"遗世而独立"的姿态。

在我看来,枯寂的莲蓬更有情致。经由时光的洗练,掸落了尘世间的一切浮华,它不再风姿绰约,却独具一种凝练简洁的力量。把它往瓶子里一插,其风骨卓立矣。

我常观八大山人的画,对他的荷花莲蓬情有独钟。笔墨精简,黑白两色,形式的简练给人留下了无穷的想象空间。他的莲蓬则更为抽象,细节均被删略去,现实中圆鼓厚重的花托往往被平面化,甚至简化为三角形状,滚圆状莲子变成两三条极短的弧线,在浓墨黑色花托衬托下,真谓明如珠、润似玉。朱良志先生说,八大是生活在污泥中做着清洁的梦。诚然如是!

八大山人画莲蓬，自然而然展示的是他自己的风骨。枯寂而独立的莲蓬正是他的艺术写照和人生写照。时光与世事洗去了艺术语言中的杂质，更为重要的是，还洗涤了心中的杂念和世事的喧嚣，留下的是清风朗月。我曾经去过南昌青云圃八大山人纪念馆，写过几句关于他的诗歌，在诗中这样写道："就在下雪的那一夜 / 他身着道袍 / 在青云圃的冷寂后庭中 / 在冰天雪地的黑夜里 / 像一棵孤竹 / 缓缓移动，独自徘徊 / 出现一些足迹 / 随后又被大雪轻轻抹去 / 天地间 / 除了苍茫 / 其他，什么也没有。"这里的"孤竹"和"枯蓬"不是异曲同工吗？

我爱莲蓬，无关风月，却关安心与风骨，如是而已。做人做事，若有青莲之仪、莲蓬之姿，任在何时何处，皆得安心，皆有风骨。

少年三河镇

合肥把巢湖揽入怀中,它便生出了许多别样的美。王尔德说,美的东西都是无用的。但恰恰是这些"无用的美"才成就一座城市独特而不容混淆的面目。

眺望巢湖,湖天一色、烟波浩渺,我们自然就生出了"将船买酒白云边"的豪情来。沽酒何处?我以为湖边的三河古镇最是恰当。去了三河古镇,我们才感受到浓郁的人间烟火气,才感受到古典与现代交融。

水是古镇的灵魂。三河因水而生,正是水给予三河以骨骼与血脉,赋予三河以生命与灵性。在三河镇里行走,怎么也绕不开水的萦绕。三河镇也因水而生,丰乐河、杭埠河、小南河三条河流孕育了古镇。丰乐河和杭埠河环绕四周在此交汇,小南河贯穿其中,从其身体上浸润而过。小南河缓缓流淌,清澈可鉴,河面上古桥飞架,时有飞鸟掠过,时有小舟游弋,鱼儿潜戏,河边垂柳拂水,岸边却是粉墙黛瓦的徽派建筑和百铺相连的古街,前门店铺,后门码头,依河傍水,河街相连,可谓一幅现代版的"清明上河图"。

古镇河水环绕,渠塘纵横,所谓"外环两岸,中峙三洲"。远在春秋时期,三河古镇所在地就是巢湖中一处汀州,有"江中之洲"之称。春秋时称鹊岸,晋代以前称鹊尾。晋代之后称鹊渚。可见,早期的三河镇是鸟类栖息繁衍之地。南北朝后期称为三汊河,明清时方置三河镇。三河镇因其东锁巢湖,北扼庐州(今合肥一带),西卫龙舒(今舒城一带),南临潜川,自古是兵家必争之地。春秋时,有两次鹊岸之战;三国时,曹操欲伐孙权,在此屯兵数十载;南北朝时,又有两次鹊尾之战;明末,张献忠起义,在三河缴获双桅巨舟300多艘,并依此建立水军;1858年,太平天国的青年将领陈玉成、李秀成率部歼灭湘军精锐6000余人,扭转了当时不利的战局,但最终也无法阻止他们乌托邦的破灭……一块小小的弹丸之地,多少豪杰争锋、多少生灵涂炭,一将功成万骨枯……当你穿越历史的硝烟,走过战争遗迹大本营、古城墙、古炮台时,不免唏嘘不已,慨叹战争的无情与人世的变迁。

到三河古镇,似乎"一人巷"是个必去景点。巷子仅容一人穿行而过,两边是壁立高墙,狭长而幽深,进到巷子里犹如走入时光体内的黑暗心脏,似乎能感受到如烟往事的悸动和时光沉淀的矜持。巷子的尽头便是杨振宁的旧居。杨振宁是合肥人,其实这里他的外婆家。小时候,杨振宁就多次来三河镇玩耍。"七七"事变后,杨振宁举家从北平回合肥避难,当时的杨振宁就借读于合肥庐州中学高一年级。开学不久,为避日本人的飞机轰炸，学校迁往三河镇，杨振宁由此到三河学习生活了一段时间。当时，十四五岁的杨振宁上学、放学时经常从"一人巷"穿行。想一想，一位英姿勃发的少年行走在三河古镇的大街上，他的双眼闪烁着光芒，对未来充满了憧憬。后来，这位在三河镇行走的少年成为第一位荣膺诺贝尔奖的中国人。

说到少年杨振宁，我想起另一位从这里走向更为广阔的世界的少年。他就是抗日名将孙立人。众所周知，孙立人是中国抗战史中最为天才最为卓越的军事指挥家，两次入缅作战均大获全胜，成为歼灭日军最多的远征军将领。仁安羌一役为他赢得了国际声誉，营救英军并和美军并肩作战，打通中缅公路，这位从三河镇走出来的少年也因此声名鹊起，被欧美军事家称作"丛林之狐""东方隆美尔"。孙立人出生在庐江金牛镇，后举家迁至三河镇。七岁时，孙立人即入孙氏家学，并拜名师宋执中为师。多年后，想起孩童时的学习情景，孙立人记忆犹新："原来我在家里念私塾，先父管得很严，一天到晚我们很少有自由活动的余地。本来在乡下，有好几幢房子，最后一幢房子就是请老师教我们弟兄几个，白天在那里读书，只准到晚上出来和家人见面，晚上也睡在书房，等于坐牢一样。一天到晚就是念四书五经。"九岁时，孙立人随父从三河镇坐船经巢湖、长江去山东，入青岛德文小学学习。从此，这位三河镇少年从这三河交汇之地从烟波浩渺的巢湖边走向了历史与人生的纵深处，开启了他波澜诡谲的人生旅程，谱写了力挽狂澜的民族救亡的壮丽篇章……

去三河镇，你不可避免地与时光和流水相遇，自不必说与她的美食相遇，与她沉淀了2500年的文化底蕴相遇，与生活在其中的恬淡豁达的人们相遇……更为令人心动的是,当你的步履越过布满青苔的青石板小路,双手触及青砖墙壁中生长出来的蕨类植物时,当你穿越幽深的一人巷时,不免会在精神世界里遭遇两位蓬勃而朴素的少年,他们茕茕孑立,傲然行走。他们行走的样子是多么英俊,多么气派,像即将开放的花朵一样在这三河之上熠熠生辉。

去了三河镇,你才知道三河既是一位阅尽繁华、坐看云卷云舒的老人,又是一位英姿勃发、阔步走向大千世界的少年。正如鲍勃·迪伦在歌中唱的那样:"一个人要经历多长的旅程,才能成为真正的男人?鸽子要飞跃几重大海,才能在沙滩上安眠?"在那些秋雨绵绵的午后,面对小南河永不停歇的流水,我们会遥想少年杨振宁与少年孙立人行走在三河镇空荡荡的大街上。世界刚刚开始……若干年后,他们也许归来……但愿"归来仍是少年"!

于我而言,三河镇就是少年的样子。

书与评

高山流水遇知音
——读郭平长篇小说《广陵散》

《广陵散》是一部独一无二的长篇小说，在某种意义上说，这本书只属于作者郭平本人，属于他那偏离喧嚣的清寂小道。而这条小道又是通往天地万物、通往爱与怜悯的阔大之路。书稿初稿成于1998年，定稿发表于2020年，成书出版于2022年，接近四分之一世纪的时间跨度；空间上，初稿于南京师范大学文学院书库，二稿于作者在印尼的十三个城市巡回讲课途中，三稿于印尼东爪哇印尼群岛语言文化艺术中心，最终定稿于南京河西聚福园的家中。这是人生的一条巨河流，《广陵散》装在作者的心中，跨过了多少山水城林，飞越了多少尘世云烟。

《广陵散》既是精神领域里"高山流水"的艺术图景，又是充满人间烟火气息的人生图卷。它是一部用生命写就的书，美、艺术和人间食粮喂养了这本书。小说《广陵散》与同名琴曲《广陵散》一样，充满了文化张力与文化创造性。

主人公周明是为古琴而生的，初三时从收音机中听到钟鸿秋的琴声开始，拜师、学琴、考学、识琴、赏琴、指导斫琴、访友、讲学、研究、打谱、买琴、藏琴、碎琴……他的学习、他的生活、他的爱情、他的人生轨迹总是以古琴为中心的。面对着以古琴为中心的世界，周明有意无意地把它分成两个部分：此岸与彼岸。此岸是众生喧哗、世俗平庸、物质与功利的世界，是周明有意离开却又无法离开的尘世；而彼岸却是高山流水、清寂高远，是精神与心灵的安心之处。他在此岸淬炼，眺望彼岸的繁花；他在彼岸安心，体味此岸的柔情。随着生活的磨砺与时光的流逝，周明投身于生活洪流之中，此岸与彼岸之间，已无从分别。正如作者郭平在一次访谈中所言："柴米油盐，崇山大川。时光如水，令我流连。生命有尽，天高地远。目送归鸿，手挥五弦。"古琴与生活给周明给作者带来时光最深处的领悟。在尘世中，周明的涉水前行、告别了部分自我，这些残酷的告别正是人生的存在真相，在这过程中，他获得对万物、对古琴、对人、对世界更为广大的宽容与爱。

另一个主人公徐大可，是周明的知音。或者说，徐大可与周明互为知音。他们一次次相互帮助，相互砥砺，相互理解对方的音乐和心灵。徐大可对周明推心置腹地说："我就是你的知音，我能听到你的向往，也能听到你心里的杂音和噪声。"

徐大可是吹唢呐的，他的家庭、他的出身是卑微而悲凉的。他自言："唢呐就像狂风一般，可以吹散满天的乌云，会让悲伤奔流起来变成欢乐。"他的唢呐里包含着一种明晰的音乐形象：他对于生活的领悟，他眼中世界的模样。他最先学吹唢呐，主要是吹给母亲听的,他的听众是天地和母亲。"因为在天地之间,他的唢呐雄厚而辽阔;因为母亲,他的唢呐又有温柔的哀伤。"徐大可理解他的启蒙老师刘柱子:"你听他的唢呐,仿佛能看到生活中的故事,一个个生命的旅程,滚滚滔滔而又宁静深沉。"作为知音,周明理解徐大可,他以为徐大可"把唢呐那种大悲大喜、悲中带喜、喜中含悲的境界吹得非常迷人"。

《广陵散》中,其实还有一位女主人公,她叫余韵。余韵的形象是高冷的、凄美的,是周明最先心仪但又悄然退却的女生,后来经历一番挫折成了徐大可的妻子,终又别离。其中曲折幽深的心事谁又能懂?这是一位被迷雾所笼罩的女人,我们看到的是神秘、迷惘和忧伤,她是从未被人打谱成功的古琴曲。

周明在资料室里发现了民国时期的《明子日志》,它所生发出的故事是本书的复调部分,声部独立,又统一于整体。它是高山流水的静谧和声。通过不懈寻访与探究,《明子日志》中的人物关系一一明晰起来:大庄与明子是儿时的好友,同时跟一个大和尚学琴,并且同时爱上一个叫叶子的女子,后来大庄与叶子结合,并生下儿子秋儿。

这让我想起安德烈·纪德的长篇小说——《伪币制造者》。小说中的人物爱德华也在写一本名为《伪币制造者》的小说,即"小说中的小说"。纪德称这种文学手段为"纹心",即如同在一个纹章的中心设置一个与纹章的形状、图像、花色完全相同的微型纹章,这种手法其实就是文学创作中的"戏中戏"。

一段对位于现实生活的琴人往事从历史的迷雾中显影,相由心生,可以说《明子日志》也是周明与徐大可的心灵镜像,他们的友情、他们的爱情、他们的性格与命运皆神奇地与日志中的大庄和明子相应地对位起来。大庄和明子的命运与存在，既是他们的前世显影，也是他们未来命运的征兆。《明子日志》中同样出现了两条路："我往东，往尘世；师傅往西，往云山。"出世与入世的生命选择被作者深深地置于其新开垦的诗学范畴中。现实生活中，徐大可一脚踏进尘世，大大咧咧，泼辣蓬勃，跌入光怪陆离的物质世界，他尝到过所谓"成功"的短暂滋味，而等待他是一连串的失败、抛弃和绝望。这如同他吹出的唢呐，汇聚成一种音乐形象，随物赋形，时而婉转，如涓涓细流；时而激越，如滔滔江河。而周明呢，一心只想走"云山"之路，经历一次又一次的灵魂拷问，在碰壁与面壁之间徘徊，在前进与退缩的道路上萦绕，精神性的悖论存在为作品写下的悲壮哀伤的基调，如同嵇康与《广陵散》，大悲大喜，安之若素。周明的"和光同尘"是一种被迫无奈的选择，亦如古琴在今天所走过的道路。

书中有一张琴，叫"长清"，事实上，它也是本书的主角之一。"长清"对应着一位伟大的琴人。它是唐琴，是书中钟鸿秋先生一生所用之琴。而钟鸿秋正是以中国近现代最伟大的古琴大师管平湖先生为原型而塑造的人物形象。人琴相得，琴品、人品和艺品皆相得益彰，可以说钟先生与"长清"是琴人合一的。周明从钟鸿秋身上汲取对于生活的无限向往，对于尘世万物的深切悲悯。钟鸿秋的存在，照见了周明在这个世界的精神镜像：为美为艺术为生活，遗世而独立。作者郭平与书中的主人公周明一样，也是一位琴人，他在专门谈论古琴的书《古琴丛谈》中说："管先生的琴，不是舞台表演化的，不是庭园式的，而是万窒松风,是大河宽流,是孤云出岫,是清朴之人立于苍茫天地间的磊落与坦荡。""长清"是一个孤绝的文化山峰,它是物质性的存在,也是精神性的彰显。它不仅存在于周明和徐大可的精神深处,也长存于每一个真正中国人的心灵深处。它的结局是凄冷的,摄人心魄、令人心碎,当周明拿到它时,无论怎么弹,都是喑哑之声,它"越过他最美的顶峰"。"长清"迎来了它生命的壮美时刻,死就是至高境界的生。

写下就是永恒
——丁捷诗歌印象

丁捷是一位早慧的诗人,从 12 岁起就开始了诗歌写作,并于当年发表了处女作《绿叶的胸怀》。随着时光的推移,他把自己的创作重心悄然地位移到小说上,并成为一位成绩斐然的小说家,"外在诗人"的身份渐渐褪去。而事实上,诗人已隐身到他的内心深处,成为他终生豢养的一只"小困兽"。一旦进入诗歌,诗人明白无误地发现诗歌正是他的生命。阿兰说,小说在本质上应是诗到散文。我以为,诗人与小说家既是分裂,也是统一的,小说家丁捷的本质依然是诗人丁捷。诗集《藤乡》正是这种统一体最为精确的脚注。

小说通过虚构来隐匿自我,而诗歌却是自我的赤裸暴露,是文化上的自我回归。当我们的生活日趋被物质生活所埋葬之时,即将被湮没的生命印记需被深掘方能停止流逝。《藤乡》就是诗人一次连续性的挖掘,不是为了那些枯荣草木,而是为了寻找生命的化石。

　　诗歌写作成为每一位诗人隐匿在生命深处的秘密，更为重要的是在他们的生命中留下清晰的印记。菲利浦·拉金在一首诗的结尾处这样写道："在我们即将消亡的那个薄暮时光，/仅仅掌握那盲目的印记难以令人满意，/因为它仅仅一次性地适用于一个人，/而且这人已经奄奄一息。"诗人们渴求一次性的救赎，毕竟生命只有一次……我们需要战胜自己的阴影，和那些阴影所笼罩的词语。这是我们的追求，也是我们的罪愆，是前进的道路，不分对与错。而接下来发生的就是向着谬误和荒诞前进，而且这是唯一的选择。对于作为孤独个体的诗人而言，"一次性"就是"永恒"。正如佩索阿言："写下就是永恒。"我们"一次性"地生活、存在、写诗或者唱歌，女歌手约瑟芬就是我们的镜子……但我们用文字把它们凝固下来，以成为某种"永恒"。作为出版物的《藤乡》，正是诗人丁捷的"永恒"。该书分为三个部分，分别是：《与城市擦肩而过》《梦里边疆一醉九醒》和《四十岁用情不要太深》，从不同的侧面给诗人的生命旅程打下烙印，盲目但不可或缺，并且永远不会消逝。

　　在《与城市擦肩而过》篇中，诗人通过自身的行走与感悟为或大或小，或中或外的城市进行了一系列迅疾而锐利的速写。这些城市中既有光辉夺目的大城市纽约巴黎、北京上海，也有名不见经传的小城盱眙明光、花江夏河。这些城市都是诗人抵达之所，他并没有刻意去选择，生命的河流把他带到何处他就在何处写下诗篇。它们是自由自在的，是率意而来的。这些诗不再是旅行指南和城市印象记，而犹如一幅幅木刻版画——楔入生活，刀刻腐蚀皆具独特风貌,真可谓"一城一世界,一树一菩提"。它们来得机警而迅速,或是惊鸿一瞥,或是深情凝望。如《合肥》一诗,仅两句:

> 逍遥一津
> 无思量

可谓简约至极,像一个偈子,充满禅机。《无锡》这样写道:

> 这是一个城市
> 对过去的固守
> 她化成的坚贞
> 成为无数的你
> 身体的一个组成部分
> 灵魂里的灵魂

复杂的意味弥漫在诗歌中,面对繁华世界,呈现了诗人幽深的情思、踯躅的行状。面对各式城市,诗人既有菩萨低眉的一面,也有怒目金刚的一面。对于人类现实物质生活的尖锐批判,诗人毫不含糊,果断决绝,比如《迪拜》与《花江》。

> 我摸了摸自己滚烫的额头
> 以为病得不轻

> 有一束罂粟
> 在记忆里绽放
> 记忆当然会制造幻想
>
> ——《迪拜》

显然,诗人隐晦地表达了对于纸醉金迷的现代都市迪拜的感官,细腻可感,触手可及,却又坚硬锐利。

作为援疆干部,诗人有一段独特的"边塞"经历,《梦里边疆一醉九醒》就是这一生命过程的结晶。在这些诗篇中,映射着一个异乡人的孤寂、一个游子灵魂的徘徊。诗人袒露赤子之心,或低吟浅唱,或引吭高歌,或高入云霄,或低于尘埃,都是那么坦诚与静谧。梦回边疆,他恰如其分地寻找到了一种新疆音调。找到一种音调也就意味着诗人可以把自己的独一无二的情感诉诸自己的语言,用自己语言的外貌与质地来抵达表达之境。一首诗的音调正对应着诗人的自然音调,这种音调也即是诗人期望中的理想发言者的声音。这种音调中明显地蕴含了西部歌调和其内在韵律,伊犁河的流淌、漫漫黑夜中的肖尔布拉克、广阔的草原、澄澈的赛里木湖多么自然,多么亲切!在"独在异乡为异客"的日子里,诗人怀念家乡,想起了父亲:

> 父亲啊,我知道你藏在我的血管里
> 藏在我年轻的深山老林中
> 你观察我
> 对着无垠的戈壁流泪的天真

> 在陌生土地上的脆弱沉静
> 你用鞭子抽打着我的细胞
> 用干枯洁白的手
> 抚摩我落满尘嚣的头顶
> ——《异乡的怀念》

父亲的手"干枯洁白",而我的头顶已"落满尘嚣"……蚀骨铭心的疼痛,令人心碎,又叫人黯然神伤,饱含了多少不可言说的情感……

子曰:四十而不惑,而事实上,到人到四十之后,作为诗人要面对未知的世界和生活的种种可能性,反而会有更多的彷徨和怀疑。哪怕体悟是最为深切的……"四十岁用情不要太深"系列作品正展示诗人当下细密而多元的精神生活。

> 有时死追一个没有踪影的影子
> 有时冒进
> 把自己投进强大的敌阵
> 甚至顺着捕获猎物的心情
> 将自己囚禁……
> ……
> 走投无路的年龄:
> 仓促踏上世界那头的领土
> 我们竟彼此陌生
> 惊醒中疯长青春之须

> 半睁晨露一样的泪眼：畏惧前程
> ——《走投无路的年龄》

进入四十岁，也许正是走进了人生的分水岭，对于未知领土、强大敌阵的恐惧，让诗人惊惧不已。我们体察到一种无奈的人生撕裂感，人的存在是多么孤寂而无助。在厮杀、挣扎、彷徨、仓皇的人生列车上，我们的呐喊是无声的，回荡在广寂苍茫的时空中，如一片雪落在茫茫大地上。诗人学会"停下来 浇灌一盆花草 / 忙碌着 补偿岁月的裂痕"（《我们是后人的战利品》），他不再燃烧自身，而是俯首侍弄花草；他忙碌，不为明天，而为流逝的岁月。通过回到一个寂寞而弱小的自我，诗人得以取暖，得以抚慰那颗左冲右突的心灵。经由爱与战争，诗人领悟了生活的教诲：

> 人只有这么一生
> 一场由爱惹起的战争
> 在一个傍晚
> 相继失去时间的我们
> 会完成人类的平淡牺牲
> ——《我们是后人的战利品》

这些教诲包括无限的世俗生活，然而这是诗人常常觉得无力面对的，"在世俗的墙这边 / 你永远无法接近"（《妖狐》）。瞬间的爱便是永恒，诗人写道：

十八岁的爱

放大到一生

就那么似有似无的一瞬

做完了整个的男人

　　　　——《〈霍乱时期的爱情〉读后感》

  也许这不是真理,但作为一种诗歌表达,诗人正走上一条"从美中发现真理,从真理中发现美"的曲折小径。对于诗人而言,捍卫鲜花和自己不驯的存在,一样真实,一样重要。

  丁捷曾对我戏言,这将是他的最后一部诗集。而我并不相信。因为我还期待读到他更多的诗篇。在更多的薄暮时光中,丁捷会"眺望无限远方,等待星星的绽放",埋头书写下一个诗句,因为"写下就是永恒"。

取诗的孩子,请等一会
——读傅元峰诗歌札记

　　傅元峰是大学教授,是具有卓越批评才华的文学评论家,也是一位诗人。但转念一想,我以为他首先是一位诗人,其次才是一位学者。与他相识十几年,我有意或无意地注意到他的目光会在这个世界的人与物上面停滞与迟疑。从他羞涩的脸庞和语言的刀剑中,我们能够轻而易举地辨认出一位隐匿诗人的气质与光芒。

　　上海三联书店出版了傅元峰的诗集《月亮以各种方式升起》,证实了我许久以来的猜测。

　　元峰的诗歌全然不顾已有现代汉诗的传统和秩序,以令人惊异的方式突然站在我们面前。元峰的诗歌是语言的蛇行,这种蛇行有时迅疾无形,有时虚与委蛇。它不再是规规矩矩地起承转合,不再是铺陈与升华的老路,不再是"赋比兴"的诗歌方程。他走的是一条陌生而新异的崭新之路。

诗集中有一首诗叫《雪》,这首诗歌充斥着诗人家乡所说的方言。作为个体而言的诗人都是一位说着在一定范围内可理解的方言诗人。诗中粗暴而直接地呈现了"坷塱里""日恁娘""俺"……这种诗歌是一种隐匿,制造了一种悖论——一种拒绝公共话语(普通话)理解的姿态。它只为了呈现一种"写诗"的状态,效果却是顺理成章、平滑自然。它没有顾及读者,但又引诱他们进入。

诗作《绵延》,是磬的余音,是禅的空寂。多年来,元峰一直与佛陀亲近,或者是间离,使得他的许多诗篇中自然流淌着梵音,站立禅的影子。他是精神上的禅师,他参悟的对象是现代汉语……通过汉语诗歌,通往无限的世界。在《去上海》中,他写道:"法师安慰了江南,将去云南/至于人世的纷扰,雪下了就好。"

元峰沉溺于构建语言的迷宫,这既让我们迷醉,也让我们困惑。在《高速公路》里,"住深山/住雨落枯河,石生苍苔//住失/住老瓦罐,失聪明//住迷/住路被草盖,水被蛇栖//住可老/住可死","住"在及物的物象中,又"住"在"失"与"迷"的状态中,还可以"住"在"可老"与"可死"的可能性世界,这让我们让百转千回,思量不已。为了保卫语言的自由与洁净,他似乎成为手拿长矛大战风车的"堂吉诃德"。在《立秋》中,诗人提出了对于语言被污化的质疑,蛙鸣、春秋和孔孟都已面目模糊,这也是诗人对于传统与自身存在的诘问,对于语言承受社会性压迫所作出的敏锐抗拒。

元峰的诗是反日常意象的,但不是反意象,他构建一种非日常、非直线逻辑的意象。也许是深度意象的新拓展,一种全新的面目。他从深井中汲取诗,"天色暗了/孩子在水井旁等着取诗//我这只水桶/从来不畏惧深深地触及天空和季节"(《取诗的孩子,请等一会》)。

他是一个致力于"空"的诗人,他写到"菜场空了""空庙""空花盆""空房子""胃空""空空的风声""又搬空了"……"空"是一种交织着美丽与哀愁的存在,它有难以言说的精神场域。"空"是对未知世界的悬置,是对沉默世界的敬畏。"空"是一种存在,不是"没有空无"或"虚无",不是否定性术语,正如铃木大拙所言,"它是使一切存在成为可能的东西"。某种意义上,这纯粹是来自东方的个人体验,"空"包含了整个世界,同时存在于世界上每一个事物之中。"空"是元峰精神之瓮的核心载体,它是我们进入元峰诗歌水域的一条孤舟。

诗人杨健说,元峰的诗歌是"幽人"诗。我们能在诗集中发现那个在谎花与树下的幽人,是的,元峰是"一个谦卑得不开花的人"(《惊变》)。他深挖"罪犯的秘密小于国王的秘密",他在有形世界的边缘窥视无形世界的秘密。"幽人"是不求知音、一意孤行的,元峰诗歌的格调中包含着"羞涩之美、幽独之美和孤冷之美"。我们能在他的诗歌中读到羞涩之后的惊惧、幽独之后的惶恐、孤冷之后的不安,他羞涩的诗歌美学淡泊却幽远、静默却激烈。

元峰的诗歌拒绝"循规蹈矩"之美、表象世界之美,而努力营造奇诡的思想之美、一种深入世界水底的潜流之美。他自言:"我的诗不追求美。只要求写作的时候能够得到彻底的孤独,让属于我的汉语有勇气显现。如果你从中读到了美,就是对我很孤立的存在的称颂。"我们能读到这种孤寂的美,我们愿意称颂这人世间单数的美。作为一个卓尔不群的批评家,元峰指认出汉语的本质:"汉语在工具性盛行的年代依靠孤立的个体显现其美的本质。"通过《月亮以各种方式升起》,他强调个体存在的价值:"从集合体出走的个体,调整其存在的精神格调并自愿成为汉语的安身之所。"

吃土的孩子
——读臧北诗集《无须应答》

在文字批评可抵达的领域，我们与生俱来地与艺术品或诗歌有隔阂。我们有幸会遭遇这样的艺术作品：似乎在我们的理解范畴内，但又无法言说，一旦试图阐释或言明，它们便会溜之大吉。它们是语言无法抵达的世界，它们占有某种神秘，却又与我们的存在产生隐秘的镜像关系。也许，《庄子》正是这样的作品，维特根斯坦告诫我们慎言。

臧北的诗集《无须应答》，亦当如是观。

臧北的诗，看起来皆在日常生活的藩篱之中，叙述者（诗人）在生命的泥淖中反复打滚，不胜苦楚。然而，在我看来，它们却在我们的日常经验之外，在此岸与彼岸之间，我们必须行走在悬于空中的绳索，才能略略发现它们暧昧的面目。

北京的朋友高岭戏说臧北，相当传神，而又诚恳。他说臧北风度谦谦，行止有度，身上有"羞愧"的气质，卑以自牧，含章可贞。我常想,这"羞愧"是双向的:一方面,他低于尘埃般地活着,低着头,"吃土以自活","羞愧"地行走人间;另一方面,他"羞愧"的姿态足以使我们羞愧。

高岭说臧北的"眼神里有几分孩子的童真,在这个物欲横流的时代非常少见,这一点也体现在他的诗歌里。他得益于能够保存一些未被时光销蚀的本性,当这些气质注入诗歌后,出来的作品就极其干净"。诚然!他长着一张高僧大德才配拥有的脸庞,他的眼神清澈寂静,似乎透露出某种说不出的无辜。他有水一样的性格,既是柔弱恬淡的、无色无味的,又是无坚不摧的、随物赋形的。他有一颗细腻而幼小的心灵,然其贞固之志永不可夺。有时候,他的双手会在琴弦上滑过,一曲《墨子悲丝》会叫我想起他写下的那些叫作《赋形》《有赠》或者《玛丽》的系列组诗。我就想啊,在古代,他会是谁的好朋友呢,嵇康、阮籍,还是陶渊明、王摩诘?

事实上,诗人认领的身份不过是"小丑",而非名士:

只要黑暗中,绽放如花
你的笑靥

我的生活只有这些:
你和黑暗——

我的羞愧
我的信仰

——《小丑》

小丑与黑暗已融为一体，作为小丑的"我"静静地观看自己拙劣的表演，"羞愧"已别无选择，而成为一种信仰。《魔术师齐托》（捷克诗人米洛斯拉夫·赫鲁伯作品）中的齐托当然是魔术师，也是宫廷小丑，似乎比"我"这个小丑要来得幸运一些，他遗憾自己的失败，但成功地逃出国王的魔掌，"他离开了宏伟的皇宫。/ 飞快地穿过群臣 / 回家，回到一枚坚果之中。"当这种"羞愧"不可更改之时，我们看到的是诗人的愤怒和嘲讽。有时，他也求助于迷幻剂：事情也许就是这样 / 那致命的迷幻剂 / 让他觉得失败和衰老并不可耻（《大卫王》）……

身为"小丑"的诗人，又是一位迟疑的佛教徒，他在佛陀的戒律中发现自己生理的悖论，在禅宗中发现自己纯真的一面。他的那份虔诚与坚贞又常常在时代的背景墙下显得形影相吊，时如孤松，时如野鹤。在他"草色遥看近却无"的修行过程中，诗人的好奇引领他走向神秘未知的领域，他轻轻跨过信仰的篱笆墙，悟证的不仅是教义，更是世界存在的真相和精神深处的自省。《与德武在西园寺》中，"我们在最外面的 / 那圈磁共振上，散步 / 听着雷声 / 照亮 / 草木的闪电，却不曾 / 照亮我们"，在寺庙聆听佛陀开悟的"我们"，发现的是一种必然的生命存在。

同时，在诗人的眼中，上帝是无所不在的。据我粗略的不完全统计，在《无须应答》中，上帝或为主角或为配角，现身20余处。臧北是一位上帝翻译者，他写下了各式各样戴着不同面具、怀有不同心思、脾气不可揣测的上帝。"就像上帝说，我必然降临／但他从不降临"(《先知》),这约伯式的责难;"他在复写纸上／复制自己"(《创世纪》),他是多么无聊乏味啊;"上帝开始慢慢收回他的光／他累了／他需要睡眠,以便／重新爱这个世界"(《傍晚》),上帝不过是个平常的人,他需要休息;"哦,上帝也赶来凑热闹／就让他敲起手鼓／我们只管跳舞"(《欢乐颂》),上帝来玩,也只能做一个鼓手;"女人们甚至也有能力让上帝／变成婴孩／一丝不挂的上帝／躺在女人欢乐的子宫里"(《女人们》),女人们拥有孕育世界的能力,而上帝同样由她孕育;"每天我都给上帝写信／告诉他,我爱你"(《论爱情》),当然,诗人也有求于万能的上帝。

我更愿意把诗人看作一位虚拟的上帝,一位时光中的基督。

然而,诗人才是他的当行,那些令人心动的诗人形象也投射到他的容止中来,或多或少,他的身上有了陶渊明的淡泊、孟浩然的自然与弗罗斯特的自适。他用最朴实的修辞、最简洁的词语写诗,看起来,这些诗歌是那样的平白浅易,简朴得令人震惊,而在这样一个扔到茫茫人海中无法引起一丝涟漪的庸常面孔之后,是他精准无比的表达,是他举重若轻的闲庭信步。

> 我们给院子换了栅栏
> 朽坏的铁栅栏被工人们拖走了
> 放在小推车上
> 我们觉得一阵高兴
> 到院子外面去再也不用
> 绕过整栋楼

> 新栅栏干净、整洁
>
> 有一个可以上锁的小门
>
> 我们把小门锁上
>
> 我们整天把小门锁上
>
> 但我们看看栅栏,又看看小门
>
> 心里一阵高兴
>
> 工人们也高兴
>
> 他们吹着口哨
>
> 把旧栅栏换成新栅栏
>
> ——《换栅栏》

在《换栅栏》中,他用寂静、谦逊的真诚描述一个动人心魄的日常场景,这是一个真实的瞬间,刊落繁华,生活的无限秘密、世界的存在真相莫非如此,平常心、平常事,"我们"心里高兴,工人们也高兴,自然而然地完成栅栏的新旧交替,完成人与事物亲切的对话。里尔克说:"艺术家应该将事物从常规习俗的沉重而无意义的各种关系里,提升到其本质的巨大联系之中。"在这里,诗人实现了这种"巨大的联系"。他在《修剪玫瑰》中写道:"妻子出门送花去了 / 她每天要给城市送去 / 很多玫瑰花 / 新鲜的,喝饱了水,象征不同的情感 / 但它们的刺被我偷偷留下来。"诗人发现生活中美的光芒,玫瑰的嘉奖。哦,请剪下它们的刺吧!他在主动选择中享受这种重返故乡般的幸福与宁静。

在臧北的诗歌中,轻逸是显而易见的倾向,但这轻逸又饱含诗人对于世界对于生活的爱与恨、体察与顿悟。正如最伟大的喜剧恰恰是悲剧一样。在臧北那些形象生动的诗篇里,开满了隐喻(包括明喻、转喻)的花朵。它们有着洁净单纯的面孔,但又撒下了走向歧义和可阐释的种子。想象力与汉语张力之美在这里得到有力的明证。

> 我又开始吃土了
> 味道那么好
> 什么都会变
> 只有土不会
> 一年四季
> 从生到死
> 我只要一点点水就能活下去
> 那些咬起来"咯咯"响的土里面
> 有螺壳和砂子
> 它们把我的牙齿
> 打磨得白亮
> 像一头野兽的牙齿
> 现在一切就都简单了
> 就只剩下我和土
> 一个吃
> 一个被吃
>
> ——《雷贝卡》

雷贝卡是《百年孤独》中那个喜欢吃土的小女孩，她顽强地生活在那个肮脏的马孔多，也因其拥有吃土的本领，至死都高傲地活着。她是坚强的，她是孤独的。"我"即雷贝卡。在诗中，"我"是雷贝卡的一个原型，"雷贝卡"也实现了在文学作品和现实生活中的自由置换。在某种意义上，胸怀幽愤之心的诗人就是这个时代的雷贝卡。在纷繁动荡的历史变局中，拉丁美洲两百年的孤独，中国人两千年的孤独，诗人有限的四十余年的孤独……在个人命运与诗歌表达的独奏中，达成一种走向平衡的谐振。诗人的形象凝固为一个吃土的孩子……正如他在《鹰阿岭》中写到的遗民画家戴本孝那样："他们是真正的遗民／从未失去骄傲之心。"对诗人而言，他自由地穿行于各种真实或虚构的典籍之中，亦正印证古人所言的从"我注六经"到"六经注我"的体察世界万物的运动轨迹。

令人着迷的是，臧北还从自己传统的诗歌领地中开辟出一块想象性文学的自留地，它们类似于某些时刻的卡尔维诺或圣—琼·佩斯，变异过的卡夫卡或阿雷奥拉。它们是这些篇什：《在钟表匠隔壁》《罗睺》《有时候我们不需要彼此应答》《雾》《登山》《打陀螺》。它们首先是奇异的诗歌，当然也是寓言，是小品，是童话……哦，它们是诗歌动物园里冒出来的小怪兽，古怪精灵，参差陆离，当然身上都贴着"臧北"的标签。它们是新异与偶然的美学。

如果你有幸通读《无须应答》，你也许会感知到臧北的诗歌作为一个整体性的小小星球，一直在转动、在跳跃，在它隐秘的运动中，隐藏着人类的忧伤、哀愁、愚蠢和虚伪，曲折地袒露

"我"的悲悯、窃喜和自艾,在矛盾的时光中、寂寥的自我否定中,我们将返回到文字带给我们原初的神秘感动。他是一个吃土的孩子,可同时还是个窥探了上帝与生活秘密的禅师。

瞧,那个赏花沽酒的人
——津渡诗歌读札

无题
——给津渡

育邦

我骑马,从山谷出来
哒哒而行

葫芦挂在院中
牵牛花戴在你的头上

我带走一片白云
暴风雨留给你

蚂蚁们还在森林里
玩着打木片游戏

当我看到海的大肚皮
孩子,我就抵达目的地

你能想到所有可笑的事
都发生在这个胖叔叔身上

我们坐在草地上划拳喝酒
就像我和你在家里玩躲猫猫的游戏

这是我为津渡戏作的一首诗,似乎也在某些方面描摹了他的气息。

津渡是"横穿农田"和山地、带着好奇走向我们的诗人。他是一个没有严谨哲学体系和知识谱系的写作者,尽管他有自己的半疯堂、杂货铺或者咸鱼铺子,那里有"无知"与天真,有斑驳杂乱的生活……他是直观感性的,也是迂回曲折的。引经据典、考镜源流不是他,六经注我、我自成峰才是他。从他的诗歌里,我们轻而易举地知晓:生命、书籍、知识的有限性无法限制大自然与想象力的无限性。他涉世甚深,却童心未泯。他是那个头顶木船的人,行走在人世的欢愉与囹圄之中,他昂首阔步,在我看来又是艰难跋涉，即便在很多时候，看起来，他健步如飞……隔着一条河，你能听到他爽朗的笑声，带着他的汗液与气味，展开翅膀，低空飞翔。他写下了一系列童诗，这是上帝给予他不时重返纯真未凿的静止时刻的最大奖赏。那些童诗——《你好，兔八哥》《维修外星人》《另一只袜子哪里去了？》《魔术师的纸条大家一起拉》《来自葡萄牙的谎言只讲给孩子们听》等等，天真烂漫，光芒四射，如同布满凡尘的空间绽开清澈笑脸的星辰，惹人怜爱！真乃大象之舞也。

他有过多的激情与精力需要消耗。哦，他的体内似乎蕴藏着无限的时光和能量……有一次，我们聊天至凌晨两点，我已昏昏睡去，他回家后五点多即刻起床，开始写诗，早晨七点钟的时候，他就给我念他新写的诗作——《蚯蚓穿过河床的底部》："一些灵魂正在死去／背对流水，蚌壳在淤泥中孕育珍珠般的眼泪。"多么鲜明，多么动人啊！

他活色生香，一直身处充满悖论的生存现场。有时候，我无法理解他，为什么他总是欠这个世界与其中的人们太多？总有一些亟须填充的友情清单，一些亟须支付的道义账单……同时，他总觉得自己是个精神债务缠身的人，一旦发现精神领域的空缺甚至虚空之后，他会毫不犹豫地停下手中其他的活计，匆忙而又悠闲地坐回到他的写字台前，重新成为秘密王国里的微小国王，只有写诗些许减轻了他的负债感。他在生命散乱的湍流中提取生活的要义，他那特有的美学从被束缚的细微事物间奔涌而出，他把花朵带给萧瑟的冬季。

他有一个强健的体魄,一个擅长分解酒精的胃。也许,他是鲁达转世。他的本色行当该是放浪形骸,酒肉穿肠过,仗剑走天涯的鲁提辖。他擅饮。酒中有真意,欲辩已忘言,可是酒并不能浇灭他心中的块垒,他说,"我能在酒盅里同时找到水与火",命运驱使他永远无法安静地在南山之麓种下一亩豆苗。有形或无形的秩序规劝着他,沉默或喧嚣的道德堤岸防范着他。他空有徒手耍斧的技艺,运斤如风不逾矩,却只能劈向虚无的天空。在与酒精的搏斗中,一个津渡迎来另一个津渡,一个津渡又送走另一个津渡。在山隅之间,静谧的灵魂洁净舒展,如同鸟儿一样,与山川草木对视、交谈……若干年前,我曾经为他的《鸟的光阴》写下一段读后感:我相信津渡的前世或者来生必定是一只鸟,因为我和约翰·巴勒斯一样相信,鸟儿是诗人的原型和导师。诗意栖居的地方不仅有坚实的大地,还有辽远的天空。诗人振翅高飞,鸟儿迎风歌唱……是的,在鸟的光阴里,他梳理着自己的羽翼。

假如湖山海天、鸟兽草木是诗的话,津渡是文,那么他们之间就是一种对位,一种心灵上的和鸣……嘤其鸣矣,求其友声。与津渡嘤鸣相召的是南北湖的一次日落,是池鹭的一个白眼,是石斛开花的声音……或多或少,他也许是尼采笔下的水蛭专家——这个世界客观冷静的观察者。他是鸟类与植物的观察家,他是鸟儿们的挚友,他随时聆听晦暗植物的苏醒。他是一个缄默的搬运工,把另一个世界轻轻位移到我们的眼前。

他自觉地隐退到冰区和山峰,探测并导引出地底的流泉。我无法确定他是何种类型的山水诗人,但他的《山居十八章》还是让我有意无意地想起王摩诘的《辋川集》。在山里,诗人"完全是另外一个人",他在"石头上枯坐,倾听大海朗诵",他偏安于"美好与仇恨之间",物我两忘,"忘记了言语与诗行"。在"那扇不断开合的木门"内外,即是诗人安心之乡,他像寒山和尚或者弗罗斯特,探寻着世界寂静的奥秘,"我放下手中的画笔,捏紧口袋里的硬币/猜测正面与反面"。在那特定的时刻,诗人享受着美好宁静的生活,令人好生羡慕。

在穿越沼泽地之时,那匍匐在大地海岬边的壮汉,他那豁达的心脏正与阔大的天地一起搏动。日暮人已远,悠然天地间。他热爱喧嚣,却走向孤独。毋宁说,他天性孤独,却又试图打破他周围世界的沉寂。"哦,孤独的王子,一个国家在它的背上/已成为一个忧郁的包裹"(《蜗牛》),喧嚣属于世界,而孤独属于他自己。有时候,他悲凉地感受着自己的存在:"谈到了心中的灰烬:那双倍发烫的/悲哀。"(《先人》)

他是个天然而成的诗人,他写下浑然天成的诗歌。似乎他不需要经历语言和技艺的繁复磨砺与锤炼,就可以抵达挥洒自如、清净自性之境。他是一位顿悟者,一个感知大自然的禅师。他的诗学直面自身,且在本质中呈现自身。勒内·夏尔言:"诗人不会为死亡丑陋的寂灭而动怒,却信任它那非同寻常的碰触,将万物转化为绵长的羊绒。"他穿越疲惫与尘埃,在风卷残云、烟雨雾霾中夺取诗篇的燧石,成为一位时光的歌唱者,一位季节与梦境的摆渡人。

我们在黄昏暗昧的轮廓里认出诗人,他站在海天交汇的滩涂上,为海浪、苍鹭、白云和海豚所簇拥。他露出海一样的大肚皮,咯咯发笑。

那个手持空枪的人
——读格风诗集《雨在他们的讲述中》

格风诗集《雨在他们的讲述中》由江苏凤凰文艺出版社出版了，可喜可贺！这是一本跨越三十年光阴的诗集。以前也零星地读过格风的一些诗，但总觉得不过瘾。这本诗集给了我一个机会。

正如作者所言，这是一本回望之书。作者在《代后记》中言，"回望千沟万壑，时间中有明显的裂痕，断裂处透出的光亮"，在编撰诗集时，作者明晰地感知了"裂痕"和"光亮"，清醒地意识到诗歌对于自己生命的重要性。博尔赫斯写下时光流逝中的"沙之书"，他说："我写作，是为了让光阴的流逝使我安心。"格风书写生命河流中的罅隙与不确定性，他同样也获得来自诗歌的慰藉："感谢逝去的时光，让一部分焦虑隐身于诗歌，起到舒缓精神的作用。"这种非确定性的生命存在化为一行行诗句，完成了三十余年岁月的结晶。

格风的诗是克制的、洁净的，他多用白描来完成诗歌的叙述与诗意的呈现。诗歌最可贵的品质就是建立某种诗歌形象，而在作品中呈现画面感更是最为精当的诗歌方程式。格风的诗歌，画面感就非常强，有时如线描版画，有时如水彩泼墨，有时如重彩油画，生动形象，可触可感。但同时，诗人并不急于填满文本空间，而留白甚多，纸上生云烟，深得东方禅宗美学之精义。在格风的语言意识之流中，超现实主义的诗歌叙事占据着主导地位。比如在《我们在看同一部电影》中，"古人在上游读诗／让我知道他们活着／出现在镜头中／我们在看同一部电影"，古人今人，存在于共同的"镜头"中；"神灵与众生／在黑暗中凝视／相互辨认"，凡圣混淆，神人平等，相互辨认着精神性的虚无载体；"熟悉的爆破音／堵在喉咙里／想咳出来，又很克制／窗外就是秦淮河／掬一捧水／可以看见月亮"，声音、画面、动作、情绪，交融于某一特定的时刻；"风吹过菩萨的脸／雪飘下来／填满回忆者的空镜头"，一个寂静的回忆者，在雪中展开了他穿越时空的生命存在——那些迟滞又让人淹留的人世间，而最终"空镜头"摄取了一切。诗人善于构建动与静的平衡，时光的碎片给予诗人一个个整体而鲜活的诗文本，在时间之流中凸显出众多客观悲悯的诗歌形象。

与诗集同名的诗叫《雨在他们的讲述中》：

一棵树
寂然无声
在客厅里开花

仿佛在别处

多刺的花朵
从夜晚的时间中
分离出来
亲人们围着它
讲述各自经历的生活

突然有雨落下

雨在他们的讲述中
散发奇异的花香

我们可以视这首诗为格风风格的典型诗歌，它是"格风面目"的代表性作品之一。叙事者沉默自然地与沉浸其中的世界保持距离，他冷寂、客观、澹然，没有炽热的情感代入，没有层层递进的笔墨铺张，他只是生活的观察者、凝视者。这首诗歌散发出奇妙而迷人的气息，对于读者而言，仿佛必须要心生一种保持距离的尊重。文本本身具有一种不可侵犯的矜持，但其轻简飘逸的诗歌形象却令人遐思，韵味无穷。《大象》中，"十五头大象／十五个巨大的隐喻"，"大象像大象一样无形"，隐喻直接被抛上岸，不再是诗歌奥秘的一部分，在诗人轻盈无痕的语言位移之下，解构了循规蹈矩的生活与变动不居的观念。

格风的诗歌美学中，在很多时候，以悬置的方式把世界万物静谧地呈现在我们面前。而深入文本，其美学效果又是惊心动魄的。《琴房》一诗尤为耀眼：

> 石头老去，在细微处听到琴声
> 分不清是巴赫
> 还是海豚
> 配合悬崖上
> 如此陡峭的光亮
>
> 锈蚀的窗棂
> 潮起夕落的声音
> 守着他的孤岛
> 火山岩孤独的琴房
> 一双打不开琴盖的手
> 重复着同样的动作
>
> 在他背光的侧面
> 木结构的枪架
> 可以摆放十支半自动步枪
> 现在仅剩下一支
>
> 没有人知道
> 这些枪的来历
> 以及钢琴的典故

无法确定的琴声——无法判断是巴赫的乐曲还是海豚的叫声,潮起夕落的声音构成了一个声音世界,它是孤清寥远的,如梦幻迷雾;石头、窗棂、光、琴盖、木结构枪架,这些物质构成了琴房,冷色调的存在,这是人赖以存在的空间,诗中的主人公正坐在钢琴前,也许他是一位钢琴演奏家,也许他是一位收起自动步枪(解甲归田)的战士;但没有人知道"枪的来历"和"钢琴的典故",这构成了叙事意义上的悬置——这首诗的秘密心脏。这些事物缄默,保持着客观与本性,读者试图寻找和获取现象背后的意义,然而并没有答案。《琴房》是一个谜语,但没有谜底。叙述者消失在词语之后,他一直是隐身的,没有展示其情感性、主观性和倾向性。在《叶辉的房子里》,诗人这样写道:"有没有这样一种鸟/在宽大的落地窗前,像诗人那样洞察/白云悠悠的镜像/语言内部的玻璃幕墙。"显然,诗人窥见了"语言内部"的"玻璃幕墙",它是客观存在的,但它又是透明的,是易于被忽略的。诗人必须拥有敏锐的触角才能感知日常奥秘的客观存在。这是诗歌中的现象学,诗人直面的是真实(real)的本质和可能的本质。对于客观对象,诗人让他们自我呈现,直击事物存在的本质。我私下里大胆臆测:某种意义上说,就其方法论而言,《琴房》与罗伯—格里耶的《橡皮》是有血缘关系的。作为文本,它们都是零度叙事的范式。格风写下如此炫目的《琴房》,我以为现代主义诗歌以出其不意的方式呈现了它自身强大的拓展边界的能力,一种蓬勃生长的可能性。

在《大海与空枪》中,诗人写道:"一个手持空枪的人的出

现 / 像一个危险的譬喻 / 接受意义不明的派遣。"这个"手持空枪的人"是必然要出现的,他是我们的"同时代人"。这是一个忧伤而轻度愤懑的诗人形象。他知道以这种方式现身在此喧嚣世界是不合时宜的。罗兰·巴特直言:"同时代就是不合时宜。"诗人继续在诗中写道,"我们无法揣度 / 月光下的漂泊物 / 是往事本身 / 还是匍匐者的幻象"。诗人本人是一位资深媒体人,他意识到自己与时代的深切联系,但他清醒地保持着客观凝视的姿态。他属于阿甘本所言的"那些既不完美地与时代契合,也不调整自己以适应时代要求的人"——那个宁愿冷眼旁观也拒绝下场或者被强行"代入剧中"的族类。也许他是那个坐在"琴房"中的人,他仅仅剩下一支枪,甚至"他手中紧紧攥着的 / 钢铁的枝蔓 / 不过是一杆空枪",叙述者"拔剑四顾心茫然",通过某种断裂和虚拟的介入,获取了与自己时代的奇异联系,同时代性既附着于时代,同时又与时代保持距离。诗人给我们带来了永不消逝的时代印象与诗歌意象。谢谢格风!

阅读邵风华小说的非必要指南

邵风华的身份，首先是一名最佳读者，其次是诗人、随笔作家，最后才是小说家。这如同博尔赫斯对于自己的指认。

他写下的小说并不多，因而"小说家"的标签又是暧昧的。他写得很慢，对自己要求苛刻，他反复地修改自己的作品。在白天和黑夜交替的时刻，在那个忧郁的黄昏，我们看到了小说家邵风华的背影，他从人潮中走出来，从浩瀚的书籍中走出来，走向人迹罕至的荒野——那里有美、艺术和人类的忧伤。

他的小说看起来是散淡幽远的，没有令人叫绝的悲情故事，没有矫揉造作的形式革命，没有对于时代与历史的深切批判，甚至没有看起来让人警醒的"深刻思想"。我们很难重述这些小说，重述就意味着乏味与无言；也很难界定这些小说，界定必定是失败的，它们拒绝被归类、被驯服……给这些小说套上什么标新立异的外套或者从文学经典中考镜源流梳理出其"精神谱系"也是枉费心机。但是这些小说却又明确无误地散发出汉语的光芒与小说艺术本质的旨趣。

在小说写作过程中,邵风华是一个不动声色的冒险家,他几乎把我们常见的表达愿望降到最低。他似乎在为塞缪尔·贝克特的话——"没有可表现的东西,没有可用来表现的东西,没有可作表现根据的东西,没有能力去表现,没有必要去表现,也没有义务去表现。"——写下一个荒诞的脚注。作为一位小说作者,邵风华不是一个故事爱好者。那些希望能从他的小说中看到精彩故事和生活教益的人也许会两手空空,大失所望。他似乎全然不顾期刊编辑的趣味和可能存在的潜在读者的口味。他的作品中弥漫着轻逸的日常经验,时代的灰尘和生活的碎片俯拾皆是,迷人致远。他的叙事不徐不疾,如骑驴山行。他会在不经意之间修筑一条幽暗甬道,通向人生深处的精神密林,或多重意味的奥义云团。如果你能欣赏川端康成,那么阅读邵风华也不成问题。

邵风华阅读过全世界最好的小说,他是小说世界里的"最佳读者"。然而,"最佳读者"走向"最佳作者"的道路是文学上最为曲折、最为艰险的小道,要面临东施效颦、重蹈覆辙的险地,那些在现有阅读经验中从未出现的悬崖绝壁与海市蜃楼会交替出现——意味着创造的困难与艺术实现的不确定性。此时,只有作者的勇气、淡定与创造力能帮他度过险关。我斗胆臆测,邵风华在小说写作进程中定然会遭遇生理与心理上的双重煎熬,一方面他知晓世间小说各式各样的美与艺术技巧,另一方面创造的欲望占据他的内心,他必须写出一种与众不同的"东西"。在这种充满悖论的写作实践中,邵风华传达的欲望几乎被消磨殆尽。罗伯特·穆齐尔说,"我的传达欲望极其微少:已经偏离开作家的类型了。"读过邵风华的作品,我们对此情形就会释然——我们能够理解作家群体中的那些特立独行的极少分子了。

他的语言是诗歌的语言,但并不意味它们是奢华的、虚浮的、抒情的、铺张的、脱离限制任凭想象力飞翔的……他的语言只为表达而存在,是其小说美学不可分割的一部分,它们简洁、明晰、精确、逶迤、迅捷、节制,但都恰到好处。他与伊萨克·巴别尔一样,饱满生动,直指人心,直接抵达生活的本质,并能迅疾地抵达诗的境界。

当我读完邵风华作品的时候,掩卷而思,抬头望见隔江的连绵群山,忽然想起郭熙在《林泉高致》中所言的山有三远:高远、深远与平远。恍惚间觉得邵风华的小说似皆如此,它们与生活与时代与世界的关系有清明,有重晦,有明晦交织,时而突兀,时而重叠,时而冲融缥缈,随物赋形,皆为妙品。

《安南怪谭》夜谈及其可能的作者考

《安南怪谭》是一部很难界定类型的作品,可以说是一部非典型小说集,也可以说是一部非典型学术笔记。这是一本书,正如那个可能的作者、来自上海的子不语鸟兽鱼虫先生朱琺所言:"书是灵感的废墟、论辩的残骸、思想的陈迹。"

但凡翻过该书的读者都会有这样一个异怪的印象:这本书是一个复合文本,是一头文学怪兽。这头怪兽的体内散布着博尔赫斯的废墟、吹牛大王的丰功伟绩、纳博科夫的狡黠、卡尔维诺的遗迹、安贝托·艾柯的残骸和马达+s+狐猴·朱琺的陷阱。当然,正如我的朋友李公佐教授(他亦被认为是《南柯太守传》的潜在作者)所言:这是一朵从故纸堆中长出的"恶之花"。

该书由一篇序即《那个怪字 那个"恎"字》(这可视为该书可能的作者心怀鬼胎地寻找理想读者的尝试)、九章虚构与【琺案】及一篇《本书不勘误表》(由于该书使用了异体字和生僻字,为防止质检部门拉仇恨,而特意制作的"不勘误"说明)组成。

九章虚构部分，看起来是那个神秘作者朱琺根据安南已有的历史文化传说或民间故事改写、演绎、转译、重装而成的。这可以看成朱琺（本书众多作者中的一个）的虚构性创作。

在虚构文本中，有一位长袖善舞的山鲁佐德在滔滔不绝地向我们讲述荒诞不经的故事。可以说，他（她）是一个暴力的结构主义者，他通过安南文献中的吉光片羽、从田野考察中获得的鸡毛蒜皮来重新抒写光怪陆离的古典安南。

戏谑式模仿也是朱琺先生的拿手好戏。请看第033页，昊天上帝动了怒，唱了个喏，随后"他顿了一顿，喘了一口气，挥一挥衣袖，带走一片云彩。"是的，你没有看错，你恍惚间以为这位昊天上帝正是多情诗人徐志摩所扮演的。

到《安南阿Q做皇帝 还有史前飞行器》一章中，主人公是到了安南也不配姓赵的阿Q，也许就中土上国的老Q跑到古代安南（逆时光投胎转世？），结局却很凄恻，阿Q不得不抱着飞升的桂树，飞到月亮上，他不得不模仿汉文化中的吴刚，日复一日，寂寞地在桂花树下结跏趺坐，像来自恒河流域的佛陀苦思冥想，等待伟大的解脱时刻的到来。

在每一篇虚构作品之后，都有一个【琺案】，这时就有一位妖怪学家、善于考镜源流、长于插科打诨的学者琺先生粉墨登场。他道貌岸然地帮助智力平平、学识贫乏的可怜读者们指出一条洒满爱与理解阳光的光明大道，他慷慨地扔出阿里阿德涅线团，可是这线团不是一个，也不是两个，看起来是一个两个，有可能又是无数个，总之作为受虐狂的热心读者依靠他的草蛇灰线或指路明灯恐怕永远也不能走出米诺斯迷宫；相反，他们会走进更多的迷宫，跌落无底洞的陷阱。【琺案】是一个虚实相生的所谓的考据证据链，在这看似严谨扎实的考证中，却又枝蔓出更为虚无缥缈的线团。无奈而聪明的读者往往不由自主地被这位幕后"聪明的傻瓜"所戏弄。作为该书的理想读者之一——藏仁波切曾断言：该书最主要的倾向是反智的。我想上苍早已安排好该书作者超群的智力、伪造的权术与睥睨众生的骄傲，他欲通过该书及该书的作者——聪明的傻瓜调戏和愚弄我们这些愚蠢的机灵鬼、自以为是的大笨蛋。

通过虚构文本和【琺案】，他在虚无的文字间建立起双重否定的悖论文本。一方面否定从官方文献到民间心理已有的形象定位和道德成见，另一方面又对新形成的文本沙丘进行无情地冲刷和覆盖。

这个复合文本一旦诞生，即如邪童哪吒一般，分蘖、生长、变形，一会儿穿上博尔赫斯的长袍，一会儿又换上卡尔维诺的马褂，有时还玩变脸：有安贝托·艾柯的阴险面孔，有米洛拉德·帕维奇的魔鬼气质，还有威廉·巴特勒·叶芝的抒情腔调……变脸，魔术，杂耍……这位【琺案】的作者琺先生可谓十八般武艺样样精通，谐音梗、自由联想、自编小曲、伪造著作、说文解字、反讽揶揄、悖论互文、插图绘画……这些对于稀有文献带货王琺先生而言都是小菜一碟，随手拈来（也可以说是翻手为云、覆手为雨）。他的笔调更是反复无常，有时轻快幽默、兴趣盎然，有时严肃刻板、繁复冗长，总而言之，琺先生沉浸在鸡零狗碎式的文字漫游与一本正经的插科打诨之中而不能自拔。

当然，我也相信该书的可能作者之一子不语风花雪月先生在某种程度上开创了魔幻没有现实主义。

虽说我在上文中不时地提到该书可能的作者，他们并不一致。正如我们很难搞清楚《金瓶梅》的作者兰陵笑笑生到底是谁，从成千上万的伪作者中无法甄别出真正的写作者一样。我们必须严肃地探讨一下该书的作者。该书的作者，可能是卡尔维诺编撰的《意大利童话》中那个朱琺（朱琺），那个聪明的傻瓜，那个幸运的倒霉蛋。也可能是马达+s+狐猴，据豆瓣共和国的索引可得知，据说他是位悖论爱好者，全球妖怪协会大中华地区秘书长，他危险的学术倾向主要表现在他本人企图致力于中华影射学、中华附会学和中华杜撰学的研究和构建。令人感动和欣慰的是，最新颁布的民法典已经从法律层面保护了他的研究。朱琺是现世的名号之一，某种意义上，他与《意大利童话》中同名主人公"二位一体"。我们一不小心翻开了该书的第139页，此页赫然印上了如下的方块字："我始终都有智力余裕，我反复阅读无穷的书籍，不屑于只在一个地方消磨自己的生命，我愿意把每一世所有人都改以此生我自取的名字作为共名：朱琺——流行于中亚到亚平宁半岛的一个阿拉伯词语，本义谓：'聪明的傻瓜'。"我们这些资质平平的读者，与这位朱琺先生比起来，自然是自惭形秽的，他光辉照人的前世谱系（谱系图见第138页）更叫我们羡慕嫉妒恨不起来：最早的前世是滑稽大师东方朔，接着是口吃美食家兼博物学家扬雄（也作"杨雄"）……下面是创立了"飞白"书体的书法家兼中国历史最著名才女蔡文姬的父亲蔡邕（是否可以推论，此世朱琺的女儿小家正是蔡文姬转世？），接着是长期服用可抗衰老并美颜美白的五石散、傅粉何郎、玄学大师、东方第一小鲜肉何晏（朱琺先生在追溯这一前世的时候，口气并不自信，因为目测：他现在的尊容似乎与何晏先生颜值尚有八九条街的距离。因此，这一前世可以存疑。）。接下来的是风水的开山祖师、训诂学大师郭璞（与此世形象颇为吻合）……几百年过去了，到了大唐盛世，朱琺先生迎来了他的高光时刻，他此时的前世是"朝登天子堂、暮归别墅郎"的著名前浪、禅意生活的开创者及商标所有人王摩诘（王摩羯，是一位疯狂的摩羯座诗人），诗歌圈（juàn）的大号……几个世纪之后，朱琺先生的前世苏东坡成为中国文人的典范，并且他无所不通，是一个自由行爱好者、驴友的先行者，他最后一任女朋友名唤朝云（朱琺现世的朋友臧北和育邦曾私下里窃窃私语：也许克劳迪娅·克劳德（Claudia Cloud）正是朱琺某个女朋友的名讳）……到大明王朝，他的前世是"前知五百年、后知五百年"的先知先觉者、大神刘伯温……当然还有若干个无法考证清楚的前世……虽然说我们这些庸常的读者也是有前世的，说不定其中也有个把王侯将相或者文人墨客啥的，但一眼瞄过去看一下这位朱琺先生的前世谱系，与之相比，真可谓云泥之别啊！

作为纯洁读者的代表、太湖湖畔隐逸诗人立峰·鼓燊先生对作者的钦佩如滔滔江水连绵不绝："朱琺改良小说叙事的努力已得到回报，妙趣横生，淋漓酣畅，频频从单一线性叙述被打开的缺口处流出的，不只是作家的博学，还有从民间叙事汲取的质朴元气，从历代志怪文学继承的奇崛想象力。"我唯一的表示——不能赞同更多，湖山社的遗老遗少们也一致同意这一最高形式的致敬。

我想以一位苏学士（与朱琺的前世苏东坡共享一个雅号）的鉴定结论作为本次夜谈的束股。这位资深的理想读者、以严谨博学著称的文学人类学家苏珊·野王遗产教授不吝其赞美，他认为该书"融知识考古学、人类学、语义学、地方知识的谱系重建等诸多写法于一炉，间杂观念阐述和现实故事等，对经典作品的互文、反讽、改写与影射穿行于字里行间，对历史和民间资源库中幽微暗昧之处多有阐扬，文学洞见与语言智慧层见叠出"。我唯一的表示——不能赞同更多，湖山社的遗老遗少们也一致同意这是一个最为科学的鉴定。

有些聪明的读者（其实是傻瓜蛋子）会问，我在啥地方能遇到下了这个怪蛋的母鸡——马达+s+狐猴·朱琺先生呢？我私下里告诉你，你只要坐上哆啦A梦的时光机，进入公元2017年11月18日的午时三刻，在魔都上海朱家角古镇，你会一眼从人群中发现那个唯一带着圆顶礼帽的少年（实际看上去要更老一点，更愁容满面一些），当然你可以拿一张费尔南多·佩索阿的照片作为参照物，因为那一天，他正致力幻化为佩索阿先生的形象。

死亡是更为专注的祈祷
——读《写给梦境：庞培诗选》

近日，汇聚诗人庞培 30 年创作的诗歌精选集《写给梦境：庞培诗选》由江苏凤凰文艺出版社出版发行。

从词语中获得救赎，在诗意的营造中获取心灵的慰藉。诗歌平复了诗人崎岖不平的命运之路。庞培的诗歌，也是他对于大千世界花开月落、尘世里乘舟骑马、翻山越岭写下的诺言，对于生与死的凝望与祈祷。就如约翰·丹佛在《诗歌·祈祷·诺言》中所吟唱的那样："谈论诗歌，诺言，和祈祷 / 我们相信，和别人相爱是幸福的。"

在《写给梦境：庞培诗选》中，我们看到一个慢条斯理而又斯文典雅的江南，这里没有横刀立马，也没有大江东去，却有古桥深巷、忧伤的群山、孤独的田野。很多时刻，我们看到诗人在喃喃自语，在低吟浅唱，穿越往事的丘壑、童年的阴影、青春的尘埃和大自然无所不在的烟霞，犹如空谷幽兰，独立俊俏却又暗香充盈。庞培是一个恒定的低音歌者，持续、安静地歌唱，他的诗歌文本散发着恒星般的光芒，不带有杂音，不带有喧嚣，却有穿越山川与大海、集市与人群的力量。在《看火车——为九岁的女儿而作》中，"火车穿过玉米地／我们停下来看火车""群山的倒影／火车像凉凉的山涧水流过"，那个父亲和女儿一起看绿皮火车穿过玉米地，穿过群山的时刻是多么动人啊，我们能听到这对父女的心跳。

作者在《自序》中说，死亡是一名诗人更为专注漫长的祈祷。"从死亡的栅栏那边转过来／眼神里洋溢着青春"（《薇依肖像》）从西蒙娜·薇依的"沉静的脖子"上，我们忍受着"美的饥饿"，读取死神眼睛里燃烧的青春。"在死亡中屈服／或在死亡中重生／黯然无声的毁灭已吹遍每个人的脸颊"。（《秋风吹遍》）秋风带来了最后的消息。诗人不倦地书写着这幽暗的诺言与祈祷。

诗人从词语中复活童年，"我的童年像一堆旷野上的篝火／风呼呼吹，父亲添柴／哥哥把火苗聚旺"；他从"林中路中沉思"独立个体的来路与归途，"我是我自己的发光物"，"一名水手在航行中所习得的／一名诗人在林中亦可收获"，诗人在林中领悟了海德格尔的真理性存在。它有别于哲学沉思，这是一种诗歌形象，我们从诗歌能听到风声，听到脚踩在枯枝败叶上的沙沙声，我们能感知树林里的黑暗和清风，感知诗人穿过林中路的安宁，诗人认出自己是自己的发光物——一个自在自性的生命存在。

从庞培诗歌中，我们读到人间山川，山河故人，一个曲折蜿蜒的蓝色江南。这些诗篇中，吹拂着江南的晚风，其中藏匿着

"少女般的暗黑"。这个江南包含了个人与时代的命运，显影了淡蓝色背景下的独特美学景观。庞培写下一个日常性的江南，这是一个时代的梦境，它是现在的镜像，它倒映了过去在流水中的影子，也为未来留下江南不可磨灭的剪影。这些诗篇中，闪烁着穿越过去与未来的生命片段，"为我们带来最美的秩序的无序"（吉尔·德勒兹语）。

"落花时节又逢君"，我再次遇到了庞培，我们说起了又一个江南。

草木之心,翱翔之志
——读津渡《草木之心》《我身边的鸟儿》

津渡一下子就出了两本书,一本是关于植物的,一本是关于鸟儿的。这并不是一个博物学家的文字,不是植物爱好者的喃喃自白,也不是一个鸟类观察家的鸟情笔记。即便它们拥有对植物与飞鸟精确而专业的描写和叙述,但我以为,这两本书是关乎作者灵性的、关乎人与自然最为隐秘联系的低语,是生命自性勃发、御风飞翔的真实呈现。

这些文章看似有意为之,却又是无意为之。我想,作者是在有意和无意之间,在乎的是"得之心"而寓于斯。正所谓"醉翁之意不在酒,在乎山水之间也。山水之乐,得之心而寓之酒也"。石涛和尚说,"搜尽奇峰打草稿",那是有意为之,为艺术创作的瞬间呈现做了充分的准备。作者历经千山万水,观察飞鸟与植物,与它们做朋友,跟它们对话,而对于写作的时刻,他又是苛求的,他希冀缘分给予他书写的动力。他说:"我见过那么多植物和飞鸟，写下的确乎不多。缘分真正到了，仔细了解，好像彼此能观照到对方内心，自然也就会动笔写下来。"正像佛家所云，与有缘矣，心相印证，遂有感应。

通读这两本共30万字的书，我们就会发现作者写作它们并非一时一日之功，不像很多职业化的写作者会在几个月或者一两年间一气呵成或连续作战而成，而是断断续续的，贯穿了作者20年左右的光阴。雨过天晴，万物如洗，而这些文字亦如雨后草木，蓬勃葳蕤，刊落世间无数繁华。这些文字在漫长的时光溪流中被冲刷，被洗涤，沉淀下来，才呈现出今天这般洁净、透明、纯粹的面目，散发着自然天成的气息。它们是寂寞的生命磨矸过的晶体，并不奢华，却字字携带着人性的尊严和高贵的气质。

他翻越多少人间的山川，笔下便走出多少山河故人的面影和令人逼视的尘埃。

他走过多少人世的丘壑，于是心中便自然生出这些许曲折动人的丘壑与生活的烟霞。

他的文字从容阔绰，意蕴高雅旷达，却又处处透露出人间烟火的气息。这些文字是自由率性的，不拘于长短、不囿于繁简，动情处如策马扬鞭，汪洋恣肆，一发而不可收；静谧处冷静节制，点到为止，言有尽而意无穷。

作者写下《草木之心》，"因眼前的一草一木联想起过往的岁月，我独自怀念的那一份幽香"，他通过草紫、马齿苋、构树、苦楝、香椿、柏树、枣树、柞刺树、皂荚树、柿子树重返那清贫而又充满温情的童年城堡和恭敬桑梓的虔诚姿态。一草一木都涵括了无尽的生命旨趣，深深烙下作者的生命印记。那里有祖母的疼爱、母亲的美食、父亲的教导、兄弟的欢颜、乡亲的质朴。植物本身是物质性，但于作者而言更是精神性的，赋予人性光芒的，在他成长的艰辛岁月里，领悟了来自植物的教诲："植物赐予我的，更多的是精神上的滋养，我是从结识植物开始，才慢慢体味到生命，以及生命的循环往复，接受世事无常和人生的苦辣酸甜。"人生一世，草木一秋。对于人世的深切体悟，对于世界的敏锐感知，作者以落叶为笺，蘸朝露而挥毫。其文字风流，扑面而来的气韵，叫人心怀感念，叫人顿悟澄澈。结香、木芙蓉、十大功劳、荸荠、蜀葵、虎皮兰、风信子、朴树、白玉兰、肾蕨……无不向我们展示"一花一世界，一叶一菩提"的动人奥秘。

津渡写植物，不喜科普，不掉书袋，他的文字是活泼泼的，是流动的，他所重者乃是物之内在的活力，在于生活的趣味、人生的况味与生命的直觉。植物，不仅仅是被观之物，更是其存在的世界，相与优游，共成一体。

作者写下《我身边的鸟儿》，他观鸟，沉迷在他自己的世界里。当有熟人走过来，问他呆呆站在树下干什么时，他只是笑而不答，他坚守着那份孩童般的美丽秘密："我不能告诉他，秘密就在我们的头顶：那里有一对冕柳莺，在合欢树巨大的顶冠下，欢快地跳着探戈，足足已有半个小时。树冠如此之高，它们的身躯又如此之小，仿佛世界上最轻盈的两片树叶，跳着世界上最美好的舞蹈。"

作者是一名诗人。若干年前，我曾经为他关于鸟儿的文字写下一段读后感：我相信津渡的前世或者来生必定是一只鸟，因为我和约翰·巴勒斯一样相信，鸟儿是诗人的原型和导师。诗意栖居的地方不仅有坚实的大地，还有辽远的天空。诗人振翅高飞，鸟儿迎风歌唱……是的，在鸟的光阴里，他梳理着自己的羽翼。

飞翔是人类永恒的梦想。《修道院纪事》中那只"大鸟"至今还盘旋在我的脑中，洛伦索神父的"大鸟"是人类自由意志的象征。我们至今对于"大鸟"腾空的动力系统仍感惊奇：乙醚、琥珀和意志之间的吸引力，意志正是每个人体内的一小股密云，布里蒙达收集的意志达到两千个时，就能把洛伦索神父的机器推到空中。萨拉马戈和津渡都一样痴迷于鸟儿飞翔的姿态。有时，我不禁想象萨拉马戈或津渡俯伏在洛伦索神父制造的"大鸟"上，飞离尘世，飞向遥远的太空。也许可以说，《我身边的鸟儿》是人类自由意志的沉默镜像。

在穿越沼泽地之时，那匍匐在大地海岬边的壮汉，他那豁达的心脏正与阔大的天地一起搏动。日暮人已远，悠然天地间。他热爱喧嚣，却走向孤独。津渡在日常中获取"会心处"，正如《世说新语》所云："会心处不必在远，翳然林水，便自有濠、濮间想也，觉鸟兽禽鱼，自来亲人。"他的文字是物我相忘、天人合一的美学。在山隅之间，静谧的灵魂洁净舒展，如同鸟儿一样，与山川草木对视、交谈……自始至终，作者以一颗谦卑之心与万物对话，以草木之心展翱翔之志，观照自己的内心，书写自己的内心，从而有了这两本让我们敬重与珍视的书。

诗与思

诗人的三件礼物

我们看到苔藓在午后开花,听到蓝色婆婆纳在春天里窃窃私语,听到布谷鸟在春山中孤寂的歌唱,看到不尽长江滚滚来……荷尔德林说:"假若大师使你却步,那就请教大自然。"我们遵从荷尔德林的教诲,学会亲近大自然、请教大自然,我们发现了大自然的美与秩序,我们的眼睛、面颊、耳朵、鼻子、嘴巴、发梢沉醉在自然的拥吻之中,我们通过诗歌看见世界,此时内心也一片澄澈,我们与陶渊明对饮、与弗罗斯特交谈。我们献出我们原初的爱,献出我们纯洁的歌喉,世界之主慷慨地赐予我们一面镜子——借由它照见世界,也照见自己。

有一天(对于一位诗人而言,这一天终究会到来),他赤裸裸地走进一条尘世之河,他看到坚硬河床的本来面目,他看到山河白发的残酷真相。他的微笑中暗含着轻蔑的冷酷,他不再是技巧的追随者,他的隐喻变得牵强附会,他的诗篇是支离破碎的。比如,他写下战争,不再是对战争的描写,而是战争本身。他把残破的袈裟还给内心的湖山,他把残破的诗篇交给有限的知音。他将收到来自知音国王的赏赐——一副黄金面具。通过这副面具,他隐匿了部分的自己,隐匿了他的表情——他那恸哭或欢笑的行状;也因此面具,他可以勇敢地走进暗黑的世界甬道,走到世界的最深处。

他渐渐洞悉世界与人间的奥秘,会在喧嚣而漫长的夜晚保持静默。他"要在死亡中看到梦境,在日落中看得痛苦的黄金"(博尔赫斯)……这是他的必由之路。他摒弃修辞(他的修辞是寂静),摒弃语言(他的母语是无语)……他理解与领悟了"美的罪孽"——而这正是造物主禁止人类涉足的。如同金阁寺的毁灭,"无法指认的美/献出嫉妒——最后的骄傲"(育邦《金阁寺》)……在绝望的落日和美的毁灭中,我们迎来虚无的宏大时刻,我们呈现出"美的结构与真理"。在博尔赫斯的叙事里,诗人得到最后一件礼物——一把匕首。诗人自杀了,"国王成了乞丐,在他的王国四处流浪,再也没有念过那句诗"。我们将告诉他,你是一位诗人,你必须坦然接受西西弗斯的命运。我们永远也不能念出"那句诗"。

非常时期,诗歌何为?

岁末年初,新冠疫情肆虐大地。在这样严峻的时刻,作家是不是该有所表达?

作家是不是知识分子?几乎所有的人都认为是,至少在广义上而言。从提供或传承人类理想价值的角度看,作家无疑从属于知识分子的范畴。但一名作家一旦要进行创作,他是"弃世而独立"的。福楼拜说,创作者必须摒弃整个世界,以蟹居于作品之中。他本人也是践行此道的。他赞许放弃人世的姿态,以便更好地投入"作品的玩石"之中。作家正当的形象应当是以自己的背影站在人世地平线的尽头。也就是说,假如这一形象能够存在的话,就意味作家的意愿:一是对世事的厌倦;二是隐遁于自己世界的要求;三是对彼岸世界的欲念。

但我们并不要求所有作家都成为福楼拜那样的作家,在作家中必须有公共知识分子的存在。他们作为作家的代言人,为这个有着丰富文化内涵和深刻思想的群体发出他们不容混淆的声音。

一名作家，不管是诗人还是散文作家（小说家），在某些时刻他必然是作为知识分子而存在的。朱利安·班达在《知识分子的背叛》中指出："知识分子的作用不是去改变世界，而是忠实于理想，我以为这对于人类的道德是必要的（对于人类的审美，更是如此）。"如果这样的说法成立的话，那么我们要忠实的"理想"是什么呢？在灾难到来的时候，我们又要忠实怎样的理想呢？

萨特强调作家要介入生活，文学要介入生活。我想，他所说的"作家"也正是基于知识分子这一公共角色的定位。在各种特定的时刻和环境中，作家介入生活是必要的，因为一个作家无论如何都是作为一个社会人而存在的。正如萨特所言："作家处在的具体环境，就是我们所生活的这个时代，他写的每一句话都要引起反应，连他的沉默也是如此。"他们可以对任何事件发表支持或反对的意见，表明自己的立场，这也是他们作为知识分子的责任承担。但他们的文学并没有必要介入生活，而且，这种"文学介入生活"的说法是可笑的，不可实现的。文学本身是反对责任的，它的道德只为艺术而服务。至于责任和道义是作家（创作者）的而不是作品的。我们必须明确地区分这两个不同的主体。

坦诚地讲，我反对任何充满实用主义的文学，无论它们的出发点是多么高尚。我对功利主义的诗歌尤为过敏，即便它们似乎在某些特定的场合和特定的时间内承担了社会的道义，反映了特定时期的社会现实和貌似伟大的人性。因为我们对于文学艺术的判断并没有因为战争或者其他灾难的到来而彻底改变。

但从"作家(诗人)介入生活"的角度,我又认为绝大部分写了"抗疫诗歌"的诗人是可贵的,他们部分地承担了诗人作为知识分子的道义和使命,不管这些诗歌达到怎样的水准。显然,在这里,我愿意相信他们实践的正是萨特所言的。

这些为时世而写作的东西,它们兴高采烈,而一旦从特定语境中撤出来看,它们却不可救药地陷入了应制文学的泥潭,成为某种单调声音的传声筒,作者或主动或被动地成为一种手握文字技艺的工具。而作为艺术的文学已经无耻地堕落在功利主义的沙滩上,它渐渐地枯萎,以致丧失生命力,在时间的长河中逐渐干涸,直至最后绝望地死去。

萨特极其清醒地指出一个作家必须认真地对待自己的创作,他说:"我们不愿为自己写出来的东西感到羞愧,也绝不愿意说自己言之无物。"我想一名诗人尤为如此。

新冠疫情发生之后,几乎在极短的时间内,在这诗歌的国度产生了大量的与此有关的诗歌。我们不禁要问:灾难之下,诗歌何为?

我的回答是,诗歌还是诗歌,该如何即如何,无为即有为。若强调有为,定然无为。

我相信,如果这场事件正成为你的文学事实,沉入心底,在时间与生命的双重行进中,必然有一天有一个特定的时刻彰显出它的意义。那一刻,它将由一个生活现实转化为文学事实,成为一支乐曲或一首诗歌的基调,这将是多么值得庆慰的一件事啊!普鲁斯特在《追忆似水年华》中这样表明:"真正的艺术,……其伟大在于重新找到、重新把握现实,在于使我们认识这个离我们的所见所闻远远的现实,也随着我们用来取代它的世俗认识变得越来越稠厚、越来越不可渗透、而离我们越来越远的那个现实。"

有一些人不知疲倦地以诗歌的面目出现在各种生活场景中,而且是我们这个时代的宏大主题,以为他们的到场就是完成了一种职责、一项不朽的业绩,就像人们参加一次会议或一场婚礼一样。这些诗歌留下什么?是悲悯,是美,还是艺术?只不过让我们看到了某些人是怎样借助文学之名来玷污文学的。当然,也有一些诗人是严肃地对待这种类型的诗歌写作的,他们的急就章显示的是个人才华。当这种书写成为文学真正的内在要求时,我们将会看到一批杰作出现。

博尔赫斯在《诗艺》中写道:

> 要看到在日子或年份里有着
> 人类往日与岁月的一个象征,
> 要把岁月的侮辱改造成
> 一曲音乐,一声细语和一个象征。
>
> 要在死亡中看到梦境,在日落中
> 看到痛苦的黄金,这就是诗
> 它不朽又贫穷,诗歌
> 循环往复,就像那黎明和日落。

作为诗人，他要忠实于自己的真实感受，无限纷繁的世界将在他的生命中沉淀、分化、积累、激荡、发酵，直至重新显现、升华，凝固为他生命中的"一曲音乐，一声细语和一个象征"，通过对屈辱岁月的改造来成就诗、完成诗。

诗人和他的时代

诺瓦利斯言："每一件艺术作品都含有其先验的理想和存在的必然性。"那么，作为艺术品的诗歌与其产生的时代天生地存在着不可逾越的必然性。

以20世纪80年代的诗歌为例，可以视其是一场迟来的青春期的印记。菲利普·拉金在一首诗中慨叹，"仅仅掌握那盲目的印记难以令人满意，/因为它仅仅一次性地适用于一个人"，若干年后再去寻找暧昧而又盲目的青春期印记，也许没有任何意义，也许能激起一点记忆的涟漪。显然，80年代也不例外，它们表现出"先验的理想"特征和时代赋予它们的存在必然性。

20世纪80年代诗歌首先表现出的特征便是反叛。我们知道，"逆反期"是一个人从儿童到成人过渡的关键时期，如果没有这个时期，他就永远不会成长，永远不会成熟。白话诗可以说是婴儿期，随后的新诗（20年代一直到80年代之前）可以称为童年期。进入80年代现代诗也就在忙不择路中进入了青春期。在青春期，产生多疑、偏执、冷漠、不合群、对抗社会等性格特征，往往还会使原有的信念动摇、理想泯灭等。这是一个多么令人震惊的蜕变过程啊，这是从蛹到蝶的嬗变。在1979年之后，中国社会悄悄开始了一场从里到的外的变革，其主要特征便是思想解放、价值重估。尼采的"对一切价值重估"似乎经历百年之后才在这个古老的东方国度发酵其"蝴蝶效应"。在这种情况下，诗人成为这个社会中最为敏感的群体（犹如古诗言"春江水暖鸭先知"），反叛成为他们主要的内心诉求，并且他们还迅速就以反叛来标榜自身的存在位置。他们反叛主流的话语体系，释放被压抑已久的对自由和空间的极度需求。他们的表现几乎是狂热的，但也是表面化的，在具体的诗歌写作中，不断地强化自我的历史意识和历史位置感，不断要求实现作品的经典化和历史化。他们以相对进步的价值观来映射一个时代的变迁，并希冀以他们的努力取代早就应该翻过去的陈旧一页。只不过，这场"青春期"来得有些迟疑，这就使诗人在没有充分心理准备的情况下，在精神匮乏甚至是真空的时刻，各自寻找自己的精神资源。在各自不同的精神资源下，又形成了1980年看似异彩纷呈，但是面目各异的诗歌写作。

在这一过程中，诗歌作品普遍流露出崇高、抒情和想象的特征，事实上，这些特征并非到80年代才出现的，这是一个伟大的（或者说是中性的、必然的）传统。因而，80年代初出现的诗歌作品中的这些特征，可以说是时代遗留下来的遗产，是时间缓冲的结果，是历史惯性使然。文学的源泉之一就是曾经的文学记忆。正如哈罗德·布鲁姆言:"文学的思想依赖于文学记忆……诗性的思考被诗与诗之间的影响融入具体语境。"即便这些诗歌获得了巨大的进步,但它们可怜的"文学记忆"也决定了它们的成就。

在普遍的作品中,我们可以轻而易举地发现为文学史所拘囿的词语、意识,那些固有的文学(或者诗歌)形象充斥在作品中。在20世纪80年代,诗人是一个勇于接受新事物新思想的群体,他们是不折不扣的理想主义者(当然也没有必要神话这种理想主义),他们发现,一个迫切的任务就是要及时地启蒙国人。他们激情澎湃,展示了生命的美与活力。因而,他们又主动承担了启蒙者的角色。在今天看来,他们大无畏,是可钦可佩的;大战风车,有如堂吉诃德般之荒诞。这些矛盾交织在他们身上,使我们依稀看到80年代诗人们的面影。他们自作主张地为自己加冕,加封自己为时代骄子、无冕之王。这些救世情怀展示了诗人可爱、直接甚至有些幼稚的性格。

同时,我们必须清醒地意识到:80年代的诗人是真实的,他们服从于自己的内心。他们从自身存在的生存状态出发,以价值选择困惑和文化冲突夹缝中的心态和体验,直接切入现实生存的地带,传达了一个现代知识分子的人文情怀。

事后看来,80年代的诗歌是"问题少年",它们展示了可能性,同时兼具了不稳定性和未完成性。90年代,有诗人提出来"中年写作",似乎也从侧面说明了80年代的诗歌写作是处于"青春期"的写作。

在历史的迷雾中,诗人们完成了属于他们"一代人"的表达。新时期以来，诗歌的先头部队被贴上"先锋"的标签。其实，"先锋"是一种历时性表达愿望。在以春秋代序、先后为本的时间线上，"先锋"只是找到了一个抢跑的位置。它并不证明文学的进化性。任何一位真正的创造性诗人必然地都成为自己的先锋派。在他的成长历程中，他会不停地走到自己的前面、自己的侧面、自己的反面。他是自我的革命者，从其自身内部产生了他自己的反对派，在不同阶段分蘖出一个个"先锋派"。因而，从某种意义上说，"先锋"是属于作家自身成长的秘密存在。

我们必须意识到"自我与时代"的存在关系。弗里德里希·尼采在《不合时宜的沉思》中说："因为它试图把为这个时代所引以为傲的东西，也即，这个时代的历史文化理解为一种疾病、无能和缺陷，因为我相信，我们都为历史的热病所损耗，而我们至少应该对它有所意识。"然而，感知与把握自己的时代又是极其困难的，阿甘本给出一条道路："真正同时代的人，真正属于其时代的人，是那些既不完美地与时代契合，也不调整自己以适应时代要求的人。因而在这个意义上，他们也就是不相关的。但正是因为这种状况，正是通过这种断裂与时代错误，他们才比其他人更有能力去感知和把握他们自己的时代。"因此，同时代性也就是一种与自己时代的奇异联系，同时代性既附着于时代，同时又与时代保持距离。

杜甫深深地契入了他的时代，他的一生、他的诗歌写作为"诗人与时代"的关系作了最为精当的注释。白乐天说："文章合为时而著，歌诗合为事而作。""诗歌的道德"要求诗人能够勇敢地承担自己的命运和时代的道义。诗人们自觉地寻找自己和时代的合理距离和位置，把自己的凝视紧紧保持在时代之上，这大概也是我们诗人今天所要肩负的"诗歌道义"吧。

"没有名字的东西"

V.S.奈保尔《米格尔街》中有一个人物叫波普,他自称是个木匠。少年的"我"好奇地看着波普先生整天忙得不亦乐乎,锤、锯、刨样样都来,就问他:"你在做什么呀,波普先生?"波普先生的回答真是绝妙啊,他说:"哈,孩子!这个问题提得好。我在做一样没有名字的东西。""我"觉得他就像个诗人。是的,叙述者"我"说得对,"诗人"就是要像木匠波普先生那样——做一样没有名字的东西,完工之后它会被称为"诗歌"。这件"没有名字的东西"对于它的缔造者而言,是无名的、未知的。在没有完成之前,它没有明确的外形外貌,它是倾向于古典的明式家具,还是巴洛克风格的新古典,或是新中式,或是后现代?木匠无从知晓。作为诗人,抛开已然完成的作品不谈,他面对的是未知的深渊,他不知道下一首诗在哪里、面目何如。他要从茫茫的未知世界中寻找合适的木材,大的小的、曲的直的、有气味的没气味的、金黄色的紫黑色的、江水浸泡过的、山火焚烧过的……他要从这些被其"发现"的木材中挑挑拣拣,点燃想象力,锤呀,锯呀,刨呀……以期从其手中生长出一件物什,大自然的鬼斧神工与木匠的奇思妙想碰撞、交汇、融合,最终将诞生一件"没有名字的东西"。

波普先生像个诗人,没错,他还不是诗人,虽历经人间风霜与艰辛世事,叙述者还没看到波普先生做出那件"没有名字的东西"。相反,最终波普屈服于现实放弃了他的理想,开始为别人做有明确样式的椅子和桌子。

但是米格尔大街上是有真正诗人的,他出现在《B. 华兹华斯》中,他叫 B. 华兹华斯先生,他与浪漫派大诗人威廉·华兹华斯是本家。他自称名为布莱克·华兹华斯,我们知道威廉·布莱克则是另一个伟大浪漫主义诗人的名字。华兹华斯先生"就连看见牵牛花那样的小花",都会哭泣。他说,当你成为诗人的时候,你就会为任何一件事哭泣。叙述者在家里被妈妈痛揍一顿,就跑到华兹华斯先生那儿。华兹华斯带着"我"躺在大草地上,并且说:"现在,让我们躺在草地上,仰望天空,我要你想想,星星离我们有多远?"对,这就是诗人,从尘世的硝烟中抽身而去,仰望天空,计量星星与人们之间的距离。"我"到华兹华斯先生家去玩,发现他家的花园草木葳蕤繁盛。华兹华斯先生就讲了一个故事,说从前有一对情人,他们都是诗人,互相深爱着对方,有一天,女诗人对男诗人说,"这个家将要有另一个诗人了"。但是这个诗人没有出现,因为女诗人(姑娘)死了,小诗人死在她的肚子里。男诗人悲痛万分,再也不碰姑娘花园里的任何东西,所以花园如此繁盛,保留至今。这是一个诗人的伤心故事。华兹华斯先生说，他正在写诗，这是一首不同寻常的诗，是世界上最伟大的诗。他还煞有介事地说："我一个月写一行。但我确保它是一行好诗。"后来，华兹华斯日趋苍老，死神悄然爬上他布满皱纹的脸。他为了打发"我"不再去看他，说男诗人和女诗人的故事是他编造的，世界上最伟大的诗作也是假的。"我"哭着跑回家，从此真像个诗人，看到什么都想哭。

我有一位朋友，他每年都要读一遍《米格尔街》，每次读到《B.华兹华斯》时，他都会泪流满面。是的，他是一位真正的诗人，他不停地做出一件件"没有名字的东西"，他像华兹华斯先生一样，从幽深的往昔中"提取精华"，倾注到他的每一行诗中。我希望我能完成波普先生的夙愿，做出一件"没有名字的东西"；也能像华兹华斯先生那样，看到什么都会流泪，每个月写下一行好诗。

玫瑰，狐狸及小王子

一个周末，与一干狐朋狗友去上海的古镇朱家角玩。当夜晚来临，我站在桥上，桥下是运河寂静的水流，头顶繁星满天。身处于物质与欲望的星球，作为一名星辰追慕者，我突然觉得自己是一个孤独者，酒肉、鲜花、音乐、人群与喧嚣似乎一下子四散而去。我凝望着夜空。一人一星斗，天上的某颗星星正对应着我，然而我却无法认出它来。

恍惚间，我看到一颗小小星辰降落到我的面前，摇身一变，成了我在书本看到过的那个小王子，一个小小的外星人。当我凝神注视他时，刹那间就明白他就是小时候的我。他问我，在朱家角，能不能骑到自行车。我说，天下雪时就会有。

我们每一个人都曾经是一位小王子，天真纯粹快乐，心灵如白纸一般，在漫漫太空中自由飞翔。然而，我们都不可抗拒地长大，有人成为拥有权杖的国王，有人成为追逐虚荣的写作者，有人成为荒唐的酒鬼，有人成为唯利是图的商人，有人成为乏味无趣的点灯人……我们都成了小王子厌恶的人，我们都成了小时候自己讨厌的人。最可怕的是，我们都成了丧失想象力的"大人"。

当世故虚伪占据我们的内心，我们没有丝毫抵抗……
当玫瑰离我们而去，我们无动于衷……
小狐狸告诉我们：肉眼看不见事物的本质，只有用心灵才能洞察一切……

我们试图擦拭蒙垢日深的心灵……我们将在雪花飞舞之时，骑上自行车，重返《小王子》，重返 B612 号小行星，与玫瑰相互驯养，与小狐狸相互交谈……

为自由之神所悲泣着的歌者消失了……
——重读普希金

一、"祖国"和"普希金"不可分割

弗拉基米尔·纳博科夫"以其丰富炫目的才智和令人欣喜的沉思冥想而独树一帜,这在美国文学中差不多是空前的"(约翰·厄普代克语),就是这样一位令人目眩的现代主义大师,这位高傲的移民,他文学大厦的根基却深深地扎在他本民族的文化之上。在纳博科夫的精神世界里,最为耀眼的明珠便是普希金。有人评论说,纳博科夫从20岁时离开俄罗斯起,终其一生都是普希金文化精神的忠实守望者。

在纳博科夫眼里,普希金之于俄国文学正如同莎士比亚之于英语文学。他不无煽情地说:"俄国人都知道,'祖国'与'普希金'这两个概念是不可分割的,做一个俄国人就意味着热爱普希金。"评论家埃德蒙·威尔逊甚至说他对于俄语和普希金的迷

恋是不可救药的。在创作中,他的作品中援引普希金之处更是俯拾皆是。他的长篇小说处女作《玛申卡》是根据自己的流亡经历写成的"一部真实反映侨民生活的作品",小说中处处闪耀着普希金的影子。

1937年,巴黎举行普希金逝世一百周年的纪念大会,一代现代主义小说宗师詹姆斯·乔伊斯也莅临现场,在这次会议上,纳博科夫发表了《普希金,真实的和看似可信的》的主旨演讲,他慨叹绝大多数人对普希金知之甚少,警告人们不要企图撰写有关普希金的传记,以免把伟大诗人的一生变成"艺术的七拼八凑",把诗人变成"瘆人的玩偶"。

1944年,纳博科夫开始在美国威尔斯利大学教授俄国文学的时候,因找不到一本完全直译的《叶甫根尼·奥涅金》译本而十分沮丧,因为在他看来,这本书是"俄语小说的第一部奠基之作"。他把他自己的摘录卡片作为课上用的资料,并邀请埃德蒙·威尔逊一起翻译全本小说。当然威尔逊给予了纳博科夫很多宝贵的支持和帮助,但是1964年出版的纳博科夫独译本《叶甫根尼·奥涅金》实际上结束了两人之间的友谊,并引发了一场20世纪最著名的文学界口水仗。可以说,由于普希金,由于《叶甫根尼·奥涅金》,纳博科夫与威尔逊开始并终结了一段伟大的友谊。

仅就《叶甫根尼·奥涅金》的文化、文学、语言、翻译等问题,纳博科夫就与威尔逊相互写了无数的信件。1950年,威尔逊表示厌烦了,他对纳博科夫说:"我对这些话题感到厌倦了。我想我们应该来点新东西。"当他得知纳博科夫已经决定把他的古根海姆奖奖金——得奖的部分原因在于有威尔逊的鼎力推荐——全部用在《叶甫根尼·奥涅金》这个项目上时，他绝望地抱怨："我希望你当时拿给他们看的是别的项目。我觉得你花这么多时间在《叶甫根尼·奥涅金》上真是可惜，你现在应该写你自己的书。"但纳博科夫却不为所动。他把生命中的大量时间和精力用在《叶甫根尼·奥涅金》的翻译和注释上，如果从1944年那次动议时算起，到1969年出版最终改定译本，时间跨度长达25年。纳博科夫一向反对附庸风雅的意译，主张直译，普希金对于翻译也抱此态度。纳博科夫靠注释来阐释，因此该诗译成后竟达四大卷2000余页，译文仅占208页，其他均为注释。这个译本在1964年出版。1965年7月15日，威尔逊在《纽约书评》发表了一篇颇为刻薄甚至是带有深深偏见的评论，他在题为《普希金与纳博科夫的怪事》的文章里写道，这本译作"生产出一种单调而笨拙的语言，无论与普希金还是与纳博科夫的惯常笔法都毫无共同点可言。我们了解纳博科夫耍弄英语的精湛技艺，还有他发明口头语时的可爱和机智之处"。威尔逊对于纳博科夫和普希金的双重否定，让纳博科夫痛心不已。他必须反驳，1965年8月，《纽约书评》刊印了纳博科夫的首次回应，声称"威尔逊的说教意图因为这些谬误的存在而失败了（还有更多错误，随后一一列出）。失败的原因还在于他文章中的怪腔怪调。这篇文章混合了自以为是的泰然自若和只知道抱怨的无知，完全无助于理智讨论普希金的语言和我的语言"。随后，他们又展开一系列的笔战。在此之后，纳博科夫对于《叶甫根尼·奥涅金》的翻译更加精益求精，不断增删，到了1966年底，新译本基本完成。

1969年秋，他面对这部译作，感慨地说道："现在我已经完全结束那魔鬼的工作了。我觉得我为普希金所做的事情，起码和他对我做的一样多了。"

纳博科夫在评注《叶甫根尼·奥涅金》时，讲了一个很著名的观点，他认为其中有三个主人公，一个是奥涅金，一个是达吉雅娜，还有一个是风格化了的普希金。他甚至认为这个风格化了的普希金，要比奥涅金、达吉雅娜更加真实，更能称为这部小说的主人公。这一点无疑非常重要，值得我们在重读普希金时细细体察。

今天，我们对现代主义大师趋之若鹜，但是对于普希金这样的经典作家往往显得漫不经心。当我们知晓固执己见、高傲苛刻的纳博科夫对于他的前辈持这样一种态度时，我们必须小心翼翼地反思一下我们自己的态度了。当我们接受新事物之时，是不是也根植了某种偏见？普希金从未过时，《叶甫根尼·奥涅金》《黑桃皇后》这样的作品无论以何种目光打量都有永恒的阅读价值，文本流淌着澎湃鲜活的现代性。

二、"我的名声将传遍整个俄罗斯"

对于普希金，我们不甚陌生，但也并不熟稔。

我相信，普希金是那些走进历史的经典作家，甚至可怕地走进了我们的生活，并成为我们习惯表达的一部分，而我们却熟视无睹。他的作品就其时代而言所呈现的特征是"自我创造、自我生息并自具伟力"。在俄罗斯，从普希金始，文学创作才成为一项职业。对于这一点，高尔基有极其清晰的认识："在普希金之前，文学是上流社会的消遣；文学家际遇最好的不过是做个御前大臣……普希金第一个感觉到文学是最为重要的民族事业，感到文学……比为宫廷服务还要高尚。"

我臆测，普希金对于俄罗斯人具有不容置疑的经典性。他创建了只属于俄罗斯的文学语言，确立了俄罗斯语言规范。屠格涅夫说："毫无疑问，他创立了我们的诗的语言和我们的文学语言。"语言和文学同时在他身上得以完成，这是一个奇迹，屠格涅夫慨叹："普希金一个人必须完成两项在其他国家要用整整一个世纪或更多时间才能完成的工作，即创立语言和文学。"

果戈理是普希金的同时代作家，也是普希金的好友，他说："一提到普希金的名字，马上就会突然想起这是一位俄罗斯民族诗人……。他像一部辞书一样，包含着我们语言的全部华美、力量和柔韧性。在他身上，俄罗斯的大自然、俄罗斯的灵魂、俄罗斯的语言、俄罗斯的性格反映得那样纯粹，美得如此纯净，就像在凸出的镜面上反映出来的风景一样。"

从纳博科夫对于普希金的无条件崇敬的态度来看，对母语是俄语的人而言，普希金是俄罗斯的语言之根、文化之根、精神之根。我遗憾地感到，如果不是一个俄罗斯人，你永远也无法明白普希金的重要性。

在俄罗斯文学史上，普希金享有很高的地位。普希金的文学作品成功地塑造了"多余的人"、"金钱骑士"、"小人物"、农民运动领袖等典型人物形象，可以说，普希金笔下的人物都是具有"俄罗斯式的灵魂"。如果要深入认识俄罗斯这个民族，不读普希金是不可想象的。别林斯基在他的《亚历山大·普希金作品集》一文中指出："只有从普希金起，才开始有了俄罗斯文学，因为在他的诗歌里跳动着俄罗斯生活的脉搏。"赫尔岑则说，在尼古拉一世反动统治的"残酷的时代"，"只有普希金的响亮辽阔的歌声在奴役和苦难的山谷里鸣响着：这个歌声继承了过去的时代，用勇敢的声音充实了今天的日子，并且把它的声音送向那遥远的未来"。冈察洛夫称"普希金是俄罗斯艺术之父和始祖，正像罗蒙诺索夫是俄罗斯科学之父一样"。普列汉诺夫、卢纳察尔斯基、高尔基等人对普希金的重要性均有所论述。高尔基无不诗意地指出："普希金的创作是一条诗歌与散文的辽阔的光辉夺目的洪流。此外，他又是一个将浪漫主义同现实主义相结合的奠基人；这种结合赋予俄罗斯文学以特有的色调和特有的面貌。"

我同意沃尔特·佩特把浪漫主义重新定义为"使美感增加陌生性"的说法，我早年就读过普希金的《致大海》，现在每每读来，依旧是心潮澎湃，并不断产生对世界不一样的感觉，显然，这符合"美感增加陌生性"的神秘审美机制。哈罗德·布鲁姆认同佩特的定义，但他认为这不仅仅限于浪漫主义，而是适用于所有经典作品。我亦以为然。

下面，我把自己带进一个人所共知的窠臼——试图简述诗人短暂的生涯。这将有助于我们重读普希金的作品。

1799年6月6日，亚历山大·谢尔盖耶维奇·普希金诞生在莫斯科郊外的戈步里诺庄园，这是一个颇有历史的贵族之家。农奴出身的奶妈阿莉娜·罗季昂诺夫娜陪伴诗人度过童年，她颇具民间智慧，给普希金讲述了大量俄罗斯的民间谚语、民间传说和童话故事，显然这些素材成为诗人日后创作的一个重要的源泉。当时，法兰西文化风靡俄罗斯，诗人的父母均会讲一口流利的法语，他们还请来两位法籍教师教授普希金法文和绘画。1811年，普希金进入当时的贵族学校——皇村学校就读，在此期间，他的诗歌才华渐露峥嵘。在1815年的一次考试中，他写下的诗歌《皇村回忆》当场即获得诗坛名宿杰尔查文的激赏。其后，他先后参加了具有进步色彩的文学社团"阿尔扎马斯社"与"绿灯社"，它们反对当时盛行的保守刻板的语言文字，提倡运用鲜活的俄罗斯语言，这对诗人的创作产生了深远的影响。

1817年，普希金毕业，进入外交协会工作。他写了许多短小精悍的讽刺诗，嘲讽了当权派，比如战争部部长和教育部部长。这遭到了他们的嫉恨，当权者迫使诗人离开彼得堡，普希金开始了一段在南俄的生活。他与当时的十二月党人颇有联系，思想上受他们的影响。同时，南方的壮丽美景也打动了诗人，他写信给友人说：那里有"雄伟的连绵不断的群山，它们那终年结冰的山峰在晴朗的早晨，从远处看上去像朵朵的彩云，五彩缤纷，一动不动……"这一时期，普希金创作了四部著名的叙事诗：《高加索的俘虏》《强盗兄弟》《巴赫切萨拉伊的泪泉》《茨冈》。1823年，诗人开始创作一生中最为重要的作品——《叶甫根尼·奥涅金》。

由于诗人的作品在社会上的影响力越来越大，其内容多为反对专制与歌颂自由。1824年，沙皇当局不再满足于仅仅对诗人实施流放，断然实施了新的打击计划，以诗人"冒犯上帝"的名义把他送到他父母的领地——普斯科夫省米哈伊洛夫斯克村，软禁起来，并要求当地的官员、警察和他的父母对他进行看管。在此幽禁期间，十二月党人在彼得堡起义，对此，普希金清醒地认识到："我认为这样毫无理性地反对公认的秩序是没有必要的。"但是，在他回到彼得堡后，沙皇问普希金如果他当时在会采取什么行动时，他则果断地回答说："如果我在，我也会参加的！"诗歌《囚徒》就是献给十二月党人的赞歌，在诗中，他称十二月党人是兄弟。在这个相当封闭的时期，普希金又写下了一系列光辉灿烂的作品，譬如《囚徒》《致大海》《致凯恩》《假如生活欺骗了你》等脍炙人口的抒情诗，以及叙事诗《努林伯爵》，现实主义戏剧《鲍里斯·戈都诺夫》，《叶甫根尼·奥涅金》的前六章。

1830年秋，因莫斯科发生霍乱等原因，诗人被迫滞留在波尔金诺村。波尔金诺寂静的秋天带给诗人巨大的收获。在短短的三个月中，他创作了系列短篇小说《别尔金小说集》（其中包括最为重要的短篇小说《驿站长》），四个诗体悲剧（被诗人称为"小悲剧"，分别是《悭吝骑士》《莫扎特与沙莱里》《石雕客人》《鼠疫流行时期的宴会》），近30首抒情诗，完成了《叶甫根尼·奥涅金》的最后两章。对于诗人而言，这一时期的写作真正是"速度与激情"的瞬时爆发，也被称为"波尔金诺之秋"。

1831年2月18日，诗人与被誉为"彼得堡的天鹅"的美女娜塔莉娅·冈察洛娃在莫斯科正式步入婚姻殿堂。在经历短暂而平静的幸福生活之后，冈察洛娃成为风靡一时的交际花，在宫廷大受欢迎，也引来了一大批追慕者，其中甚至包括沙皇尼古拉一世。普希金也不得不频繁地出现在各种舞会上，果戈理给他的一个朋友写信，不无揶揄地说："所有的舞会上都能看到普希金的身影。如果不是某一偶然原因或必须处理的事务要他回到乡下的话，他会在这些舞会上耗尽生命。"但是这些都是表象，在莫斯科和波尔金诺村，诗人还是创作了长篇小说《大尉的女儿》、长篇叙事诗《普加乔夫史》、童话《渔夫和金鱼的故事》、长诗《青铜骑士》等重要作品。

1834年，诗人的短篇小说《黑桃皇后》出版。我个人非常喜欢这个小说，它是世界文学史上最为激动人心的短篇小说之一。以赌博为题材的文学作品不胜枚举，但真正能够抓住人心，带给人巨大感触与震撼，成为无可置疑的经典的只有《黑桃皇后》一部。它被无数次改编为电影、歌剧、芭蕾舞剧，柴可夫斯基创作的歌剧版《黑桃皇后》更是成为俄罗斯音乐艺术的殿堂级作品。关于《黑桃皇后》，陀思妥耶夫斯基惊呼道："在普希金面前，我们全都是一些侏儒，我们中间已经没有他那样的天才了，他的幻想多么有力、多么美！前不久，读了他的《黑桃皇后》，这才叫幻想呀……追踪格尔曼的一切行为、一切痛苦和一切希望，临了，陡然间让他一败涂地。"诗人以其独特的洞察人世的目光，用他干净精炼、遒劲快捷的笔触，给我们展示一个赌徒——格尔曼和三张牌的故事，它神秘莫测，充满戏剧性。在小说领域，普希金拥有不可信的精确性，并将仔细入微的观察与大胆丰富的想象紧密相连，构成完美无瑕的艺术品。我相信俄罗斯的小说大师果戈理、陀思妥耶夫斯、巴别尔、纳博科夫等人无不受到他绵长而直指人心的启发。

冈察洛娃的行为还是给诗人带来了厄运。一名叫丹特斯

（是位法国的保皇党人）的近卫军骑兵中尉开始狂热招摇地追求冈察洛娃。后来，两人频频约会，普希金不断接到侮辱他的匿名信，信里嘲笑他是乌龟。为了男人的尊严，普希金决定与丹特斯决斗。1837年，诗人倒在决斗的血泊中。也有一种说法认为：沙皇尼古拉一世为了追求冈察洛娃，授意其教育大臣乌瓦罗夫布置了一整套完整的阴谋，派丹特斯在决斗中杀死普希金。不管是何确切原因，伟大的诗人在他38岁时就匆匆辞别人世了，留下了灿烂的诗篇。

普希金倒下后，诗人莱蒙托夫愤然疾书《诗人之死》，强烈声讨刽子手的罪行：

> 你们，以下流卑贱著称的
> 先人们孳生下的傲慢无耻的儿孙，
> 你们用你们那奴隶的脚踵践踏了
> 幸运的角逐中败北的人们的迹踪！
> 你们，蜂拥在宝座前的贪婪的一群，
> 这些扼杀自由、天才、光荣的屠夫啊！

在诗人去世的前一年，也就是1836年，诗人写下了一首名为《纪念碑》的诗，诗中写道："不，整个的我不会死亡——灵魂在圣洁的诗中／将逃离腐朽，超越我的骨灰而永存／我会得到光荣，即使在这月光的世界上，／到那时只流传一个诗人。"一语成谶，诗人预言了自己的死亡以及诗歌将给他带来的声誉，正如老杜言"千秋万岁名，寂寞身后事"。在这首诗中，诗人甚至明白无误地判断了自己的价值:"我的名声将传遍整个俄罗斯……我将永远被人民所喜爱,/因为我的诗的竖琴唤起了那善良的感情,/因为我在残酷的时代歌颂过自由,并给那些倒下的人召唤过恩幸。"在《致大海》中,诗人写道:"为自由之神所悲泣着的歌者消失了,/他把自己的桂冠留在世上。"诗人一生憧憬自由,抨击暴政与专制,但他的一生基本上都生活在专制的阴影之下。他是一位"悲泣着"的歌者……他把他博大的灵魂,他的"闪光",他的"阴影",还有他"絮语的波浪",都"带进森林,带到那静寂的荒漠之乡。"

诗人离世后,声名越来越大,对俄罗斯语言文学的影响力也与日俱增。当然也有反对普希金的思潮,诗人生前对此就很坦然,他曾言"毁誉都一样平心静气地去领受"。20世纪20、30年代,在巴黎的俄国流亡者中,有一份叫《数量》的侨俄杂志,在它的周围聚集了一大批俄国编辑和作家。他们公开欢呼"文学的终极",对普希金大肆攻击,宣称"他的诗歌样式已不足以表达现代世界的复杂性,不足以捕捉日益内省化的人类灵魂",他们号召年轻诗人去拥抱莱蒙托夫和帕斯捷尔纳克。我丝毫不怀疑拥抱莱蒙托夫和帕斯捷尔纳克的正确性,但把这一选择作为排斥和攻击普希金的一个前提,未免有些幼稚和偏激了。这种情况,在我以及周边很多朋友中都或多或少地存在:在最早阅读诗歌的时候,都对普希金青眼相加;后来,热情地拥抱帕斯捷尔纳克、曼德尔施塔姆、阿赫玛托娃、茨维塔耶娃,以及后来的布罗茨基。但是,我们必须思考这位源头性的诗人到底对我们产生怎样的影响。也许"艺术的世界"相应地淡化了,而"文化的世界"

则更为强势地显现出来；后辈诗人们也许由衷地认为，普希金所产生的"影响的焦虑"大大地得到缓释，与他的"竞争性"也相当淡漠。从这个角度上看，我们把普希金作为一位伟大的经典诗人来对待也许是客观的、可接受的，就像我们对待我们国家产生的伟大诗人屈原、陶渊明、王孟李杜一样，西方世界里的伟大诗人荷马、但丁、莎士比亚、歌德等。这有助于我们从时间的长河里来考量诗人的独特性和源头性贡献。诗人聂鲁达清醒地觉察到这种精神的源头性："普希金，你是用诗的语言歌唱自由的老大哥！对你的怀念是我们灵感、勇气、美丽和青春的源泉。"

别尔嘉耶夫谈到俄罗斯民族的矛盾性，这样说："应当记住，俄罗斯人的天性是完全极端化的。一方面，是恭顺，是对权利的放弃；另一方面，是由怜悯之心激起的、追求正义的暴动。一方面，是同情，是怜悯；另一方面，是潜在的残忍。一方面，是对自由的爱；另一方面，是对奴役的接受。"（《俄罗斯思想》）这样的情况其实也适用于普希金。就普希金的一生来看，正恰如其分地给别尔嘉耶夫的话做了最好的脚注。在亚历山大一世统治时期，普希金满怀热情高歌自由，追求自由，反对专制，反对暴政，甚至牺牲自己也在所不惜，因为是由"由怜悯之心激起的、追求正义的暴动"，所以同情并支持十二月党人的武装起义；而到尼古拉一世时期，为了躲避政治上可能的灾难，他向往并渴望一种平静的生活，甚至给沙皇写过两三首忠君的诗（据别林斯基），当然这种行为也遭到当时的知识分子和读者的白眼。我们并不需要神话一位诗人，因为他与我们一样，有着凡人的恐惧和向往，有着凡人可怜的平庸时刻。

三、来到"中国长城"脚下

20世纪初,普希金就以小说家的身份走进中国,随着时间的推移,他作为诗人的面容越来越清晰。他的诗歌日益彰显出持久而迷人的魅力。从1950年起,由于众所周知的中苏蜜月关系的影响,普希金成为一代中国人的阅读选择。普希金的诗歌多具备反对专制、歌颂自由的主题内容,同时他又被描绘成具有坚定乐观的革命精神、一心为劳苦大众牺牲自己以及视死如归的大丈夫英雄气概,所以,普希金自然成为那个时代的英雄偶像,映照了一代人的理想追求。即便在现在,我们还会遇到白发苍苍的老人出口流利地背诵《假如生活欺骗了你》《致凯恩》《致大海》等诗篇,有的人甚至可以用俄语全篇背诵。作为一名诗人,普希金也许是在中国拥有最多读者的外国作家。即便在中苏关系恶化后,普希金依然受到中国读者的热烈追捧。由此可见,文学的力量足以超然于短暂狭隘的政治纷争之上。当然,随着市场经济、物质主义和信息化时代的到来,作为传统意义上经典作家的普希金也不可避免遭遇无人问津的境地。但是,对于那些真正挚爱普希金的人来说,薄情时代与深度阅读的关系并不大,"假如生活欺骗了你"的旋律永远会萦绕在他们的灵魂深处。

普希金没有到达过中国,但这并不影响他对于中国的想象和表达。他不止一次地对中国进行了直接或间接的描述,我们今天仍能借助这些片段来了解诗人的"印象中国"。总体上来说,这些印象是友好的、模糊的、梦幻的。比如在皇村——他接受教育的地方，那里曾是历代沙皇的离宫，经过彼得大帝、伊丽莎白女皇和叶卡捷琳娜二世的建设，皇村已成为一座宫殿雄伟、风景绮丽的皇家园林。同时，还修建了一些中国式的亭台、水榭等，甚至还有一个由九座房屋组成的"中国村"。在《皇村回忆》中，普希金描绘了山川林泉、清风朗月、草场湖水等大量"中国花园"元素。在长诗《鲁斯兰和柳德米拉》中，他对"中国花园"式的美景进行了不厌其烦的描写和赞美。

对于中国人而言，普希金总的印象是：彬彬有礼。18世纪70年代之后，中国人在欧洲的形象一落千丈，由赞美转向丑化。孟德斯鸠在《论法的精神》中谈到中国人的"贪利之心"，认为中国人是"地球上最会骗人的民族"。莎士比亚在喜剧《温莎的风流娘儿们》和《第十二夜》中以"震旦人"（中国人）来比喻狡猾不可信任之人。持批评态度的人把中国人视为动物、蚂蚁、群氓，他们思想僵化、狡猾贪婪、愚昧无知、说谎成性、肮脏丑陋……面对这些批评，今天看来，我们不免依旧脸红，依旧抱有羞愧之心。而伟大的诗人普希金却更愿意说中国人是有涵养有文化的人，而对德国佬、美国佬则嗤之以鼻。普希金在《叶甫根尼·奥涅金》第一章草稿中就有对孔夫子的热烈赞颂，也有资料显示，普希金对于《孟子》和《三字经》也非常熟悉。

1829年，普希金在一首无题诗中表达了想去"遥远的中国长城脚下"的美好愿望，随即在此两星期后（1830年1月初），他写信给当局，正式提出访问中国的申请。其实，这次申请也是他试图躲避灾祸的借口，由于在国内除去被流放就是被严密监视的不安现实，"中国长城"就成为他心目中的避难所——可以躲避这些苦难的平静港湾。当然，他的申请被严词拒绝了。

虽然普希金本人没能到达中国访问，但在逝世100年之后，他却以另一种方式来到了中国。在上海的汾阳路、岳阳路和桃江路的街心三角地带，有一座普希金铜像。铜像最早建立于1937年2月10日，是旅居上海的俄国侨民为纪念普希金逝世100周年而集资建造的，普希金的塑像被置于竖条形的花岗石碑座顶端。侵华日军侵占上海后，普希金铜像于1944年11月被拆除。抗战胜利后，俄国侨民和上海文化界进步人士于1947年2月28日在原址重新建立了普希金铜像，该像由苏联雕塑家马尼泽尔创作。1966年，普希金铜像在"文革"中再一次被毁。1987年8月，在普希金逝世150周年的时候，普希金铜像第三次在原址落成。

多年前，我去上海时，曾经看过普希金铜像。我想，如果今年冬天上海下雪的话，我将在黑夜里踏雪前往，去看看他，与他静静地待一会儿。

后记：关于《纸山》

这本小书的主体部分是《读家对谈》。2020年左右，我受《现代快报》之邀，担任《读家对谈》栏目的主持嘉宾，前后主持了11次关于文学的对话。其间，好友黄孝阳突然离世，我们整理发现了他生前留下的一些诗歌。受《扬子江诗刊》的委托，我与南京诗歌朋友们做了一次关于黄孝阳诗歌的对话。可以说，这一部分是由朋友们和我共同完成的。他们是高兴、小海、李德武、李浩、邵风华、朱琺、盛文强、宋世明、柳向阳、孙冬、杨庆祥、蓝蓝、李少君、高星、黄梵、傅元峰、何同彬，他们或是诗人或是小说家，或是翻译家或是评论家，或兼而有之，身份不一而足，他们的学识、见识、洞见与机锋成为小书最为精彩的篇章。

《蹇驴嘶》是我走过了一些地方，写下了与之有关的文字，坡仙诗云："往日崎岖还记否，路长人困蹇驴嘶。"蹇驴嘶鸣，发出一点声音，也不过是雪泥鸿爪之意。

《书与评》部分主要是评论师友们的著作，小说、诗歌、随笔三种题材均有。与他们的文字相遇，与他们的本人相遇，是人生的一件幸事，略有文字记之，亦是师生情、朋友情的见证。读他们的书，如同与他们对饮，不亦快哉？

《诗与思》则是几则关于诗歌的短文，有的是应杂志之邀写的创作谈，有的是应《文艺报》《文学报》之邀写下的"时文"。

特别要感谢我的老师丁帆先生。因缘际会，我有幸从丁帆先生学，忝列先生门墙，成了一个不拿学位的学生。先生的人品学问文章，有口皆碑，是我一生追求的境界。先生渊博的学识、清峻的风骨、坦荡的胸怀，成为我人生道路上的一盏明灯。先生在百忙之中为拙著作序，给予小书精辟的阐释与热切的勉励，感怀之余，诚惶诚恐！

同时，我也要衷心地感谢我的好友臧北和邵风华，他们不惧文字佶俗，不吝大好时光，通读全文书稿，仔细校阅并提出许多极具建设性的修改意见。经由他们的诗人之手，有理由说小书蘸取了诗歌的光芒。

一点说明，是为后记。